W0311884

L'île au poisson venimeux

Du même auteur

Bénarès
Éditions de l'Olivier, 1999

Le Tour de Babylone
Éditions de l'Olivier, 2002

Salogi's
Éditions de l'Olivier, 2008

BARLEN PYAMOOTOO

L'île au poisson venimeux

ÉDITIONS DE L'OLIVIER

Ce livre s'inspire de l'histoire que raconte Samuel Spade à Brigid O'Shaughnessy au chapitre 7 du roman, *Le Faucon de Malte*, de Dashiell Hammett.

Un grand merci à Christine Ah-Fat, Shenaz Currimjee et à mon amie éditrice Laurence Renouf.

B. P.

ISBN 978.2.87929.350.9

À Julie Peghini

Anil a cherché le réveil à tâtons et l'a arrêté, puis il a ouvert les yeux, un mince rayon de poussière blanche flottait de la fenêtre au miroir, et les ombres des vêtements accrochés à la patère se balançaient doucement sur le sol dallé, elles ressemblaient à des fourmis ailées, mais quand il s'est redressé et les a regardées de biais, à des couleuvres qui rampaient. Il a refermé les yeux et tenté de prolonger un rêve peuplé d'arbres et de bêtes qui singeaient les hommes. Il revoyait à la terrasse ensoleillée d'un café des buffles, des loups et des sapins de Noël qui applaudissaient de jeunes putois en concert, derrière l'estrade des épinoches à trois épines qui brocardaient des sycomores jacasseurs, et aux fenêtres de la cuisine des faces de rat et des têtes de cochon qui poussaient les mêmes cris étranglés, mais un air qui lui trottait par la tête, venu sans doute d'un autre rêve, l'a ramené aux soirées brumeuses de son enfance, à son nez écrasé contre la vitre pour suivre des silhouettes plus sombres que l'obscurité, à son esprit égaré devant ceux qui parlaient fort, qui le sommaient de se défaire de sa torpeur, de se détacher, parce qu'il n'était plus un bébé, de l'âme errante de sa mère, et sa bouche était amère quand, rompu par cet assaut de souvenirs, il s'est arraché du lit comme pour échapper à la mort. Il a recraché l'eau tiède du robinet, s'est rasé à longs traits après s'être douché et brossé les dents, a contemplé le gris qui demeurait, les rides, les commissures, a essayé plusieurs poses, celle du boxeur prêt à décocher un uppercut l'a égayé, et il a siffloté de plus belle quand il s'est trouvé une allure de putois, s'est habillé, chaussé, a descendu les marches en pliant les genoux et en écartant légèrement les bras comme une danseuse de kathak, à pas feutrés a rejoint Mirna qui passait le thé au-dessus de l'évier.

Elle ne s'est pas retournée, elle pourrait feindre la surprise quand il soulèverait son jupon et la caresserait sans un mot, elle fermerait alors les yeux pour faire travailler son imagination, et même si son esprit basculait, elle n'oublierait pas de serrer les lèvres, la veille les chiens des Pouni avaient hurlé à la mort en entendant ses cris, mais il n'a soulevé que ses nattes pour baiser sa nuque, puis a tapoté ses fesses, c'était comme un lot de consolation, et dans le même mouvement s'est assis sur la chaise paillée, ornée d'un ruban de coton rouge, s'est gratté le dos contre les barreaux en regardant sa femme poser sur la table, de gauche à droite, un verre d'orangeade, du cheddar en conserve, deux tranches de pain grillé, un œuf frit au beurre sans sel et un bol de thé fumant, le tout dans l'ordre accoutumé, a remarqué que son visage en forme de cœur ressemblait à celui d'une actrice américaine dans des films en noir et blanc, sans le maquillage, a voulu le lui dire mais le nom de l'actrice lui échappait, s'est senti tout penaud, s'est alors forcé à bâiller pour passer à autre chose et a bredouillé qu'il pourrait dormir jusqu'à midi. C'est ce qu'il disait quand il était fatigué, et après il arborait une mine enjouée pour se faire pardonner.

Ôtant la cigarette de sa bouche et plissant des yeux, elle a pris de tête les mesures de la cuisine et des meubles qu'elle aimerait disposer en croix, avec comme point de mire la photographie de sa belle-mère qui la fixait d'un sourire gêné dans le cadre doré, et entraînant l'esprit dans une colère blanche elle s'est demandé lequel des deux, à force de maintenir cet air béat, était devenu un fantôme. A pensé à leurs enfants partis dimanche chez ses parents, aux champs de gingembre sur le flanc de la montagne qui borde son village natal, a revu en un clin d'œil le marché couvert de bannes colorées et rapiécées, le temple imposant pour si peu d'habitants, des bigots qui se guettaient par-dessus les clôtures, et en boucle des filles et des garçons coupant à travers bois et peinant avec de l'herbe sur les épaules ou un seau d'eau à chaque main. Comme elle aimait s'asseoir au bord de la rivière en été et rêver aux miracles, et pourtant combien ça la réjouissait de contempler la fumée dans la vallée et des cerfs-volants au-dessus des flamboyants, et elle a failli lui dire en repensant aux enfants qu'il n'avait qu'à prendre lui aussi des vacances, il en profiterait pour nettoyer le jardin et enfin planter des fleurs, pour marcher ou pédaler à l'aventure, il retrouverait ainsi le sommeil et la forme, mais à quoi bon en parler, à coup sûr il rétorquerait sur le ton de la raillerie : et le magasin, il tournera tout seul ?

Elle a traversé la partie ombreuse de la cuisine et a remonté le store en tissu par grandes secousses : d'abord tu n'es pas le seul à le faire tourner, il y a nos deux vendeuses, et puis rappelle-toi au début quand tu partais en Inde commander des saris pour les fêtes de fin d'année, qui tenait alors la caisse toute la journée ? N'oublie jamais ça, a-t-elle murmuré en serrant les dents. Dehors au soleil, sur un sentier herbu qui menait à la mer, un homme en blouse de coutil se trémoussait sur sa bicyclette, chantonnant sûrement. À sa gauche, des cabanes à outils dans des champs parsemés de pierres et d'arbres dépourvus d'ombre. Des femmes et quelques enfants y travaillaient, parfois dès l'aube, munis d'une sarclette et d'une pioche à biner, et des chiens semblaient veiller sur eux, patrouillant entre les bottes de paille. Plus loin, au-delà d'une sapinière battue des vents, se dressaient des forteresses cachées, sauf les toitures de tuiles plates et rondes, par des haies de vert tranquille comme le lagon, et où vivaient des propriétaires terriens au costume repassé à la perfection.

En se retournant d'un air vainqueur, sûre qu'à l'occasion elle saurait lui clouer le bec, elle a remarqué qu'il portait le pantalon qu'elle lui avait offert pour son anniversaire, et elle s'en est voulu d'avoir eu de si mauvaises pensées. Et à quelle folle vitesse, reconnaissait-elle d'un sourire, son dépit s'était transformé en tendresse, et pour un pantalon. La chemise était de coton d'Égypte qu'il achetait chez Samir, rue de la Corderie, et son tailleur s'appelait Raffa, rue Bourbon et ami d'enfance. Pas de chaussettes et la ceinture qu'il portait à contrecœur. Des yeux rieurs et une bouche avenante, sauf quand il lâchait son esprit et vidait sa tête, il se trouvait alors sur une planète, d'où il ne revenait pas tout à fait. Prise d'une soudaine envie de jouer, de le brusquer, qui sirotait, grignotait, regardait devant lui ou par la fenêtre avec la même moue de fatigue d'avant l'effort, elle a baissé le store sans faire de bruit, s'est rapprochée de la table qu'elle a contournée au dernier moment, s'est blottie contre lui, qui a vite fait d'avaler son orangeade, a effleuré son pantalon de lin pâle, les yeux à moitié fermés de béatitude.

Il a quitté la maison en sifflotant le même air qui l'avait rendu triste au réveil, s'est adossé à la clôture en treillis pour éviter une voiture qui doublait à grand-peine une mobylette, a épousseté du revers de la main les plis de son pantalon en maugréant contre l'étroitesse de la rue qui n'avait toujours pas de nom, s'est souvenu de la réunion entre riverains qui s'était tenue le mois d'avant au domicile de Ram Gupta, un agent politique à la solde d'un député de la circonscription, et il s'y était rendu, pressé par sa femme, pour faire bonne figure, pour ne pas contrarier les affaires. Vingt-sept invités, tous des pères de famille sans histoire, triés sur le volet, ils étaient de la même caste, celle des marchands. Il avait horreur de tels rassemblements, toute foule lui paraissait hostile, sauf au magasin, et il aimait après le travail rentrer tranquillement chez lui, dîner en famille et regarder un film à la télévision, il se collait alors contre Mirna ou s'entourait de ses enfants s'ils n'avaient pas école le lendemain, et voilà que Ram se met debout, tape des mains pour réclamer le silence, puis délicatement sort d'une sacoche apportée par sa mère des documents tachetés de brun de plusieurs nuances, qu'il brandit à l'assistance : des factures d'électricité de mon grand-père attestant qu'il a été le premier habitant de cette rue, et c'est pourquoi je vous ai conviés à cette réunion, pour qu'enfin nous lui donnions un nom. Et c'est tout trouvé, a glissé Krishna à l'oreille d'Anil : la rue Gupta !

On aurait dit un meeting électoral, ne manquaient que le micro, les banderoles et le tonneau ou la caisse à savon. Anil était déçu, il pensait qu'on évoquerait l'agrandissement de la rue et la construction de trottoirs, et il regrettait Mirna et le film, tout en surveillant la porte d'entrée, il craignait d'y voir surgir le député Om Prakash, lui aussi de la caste des marchands, pour seconder la motion de Ram Gupta, qui reprenait son souffle en promenant ses regards sur l'assemblée indistincte, sur sa mère qui se tenait à l'écart, impassible devant la baie vitrée. Seules les feuilles et des ailes bruissaient à présent, une trêve menaçante s'était étendue sur la rue plongée dans l'obscurité, et le ciel d'une couleur de sang annonçait la riposte et l'insulte qui mèneraient à la catastrophe. C'est de l'histoire ancienne, a commencé Krishna, faut vivre avec son temps, et il n'y a pas que les Gupta qui habitent cette rue et paient l'électricité. Et que dire des réverbères qui sont toujours grillés, des nids-de-poule qui chaque année font des petits ? D'autres, les bien dressés, ont parlé de discordes qui divisent la race, trop longtemps rivée au malheur, et Anil s'est faufilé entre des rochers d'ornement quand la mère de Ram a prédit aux perfides comme aux ingrats un châtiment digne des dieux.

Que de bruit pour un nom, et pour quelle rue ! Trop étroite pour permettre à deux voitures de se croiser, l'une fait marche arrière au dernier moment, regagne toute honteuse son garage, et attend l'autre qui n'est plus pressée en tapotant sur le volant, en guettant la poussière, il n'y a ni bas-côté ni cour sans clôture. Comme il voudrait s'arrêter un instant à l'ombre du jamerosier en fleurs et en parler librement aux bonnes en uniforme qui marchaient en file indienne en évitant les éclaircies de soleil, il saurait par ricochet des choses sur elles qu'il ignorait sûrement. La sienne portait déjà son tablier, c'était une jeune femme au visage plat, poudré d'argent ou mouillé de sueur, avec de brèves étincelles dans les yeux quand elle daignait sourire, et toutes semblaient reluquer son pantalon, sans doute l'attrait du neuf, à moins qu'une traînée laiteuse n'ait taché et froissé le lin à perte de vue, mais en un clin d'œil il s'est rassuré : immaculé ! Vos vues sont des plus lumineuses, pensait-il tout haut, touché de compassion et grisé par ses propres mots qui ne ressemblaient à rien, mais il se comprenait, et soudain son cœur s'est soulevé : parce qu'on les a dressées à baisser les yeux devant les payeurs, ceux qui donnent des ordres, voilà pourquoi.

La rue tournait à gauche après une boutique à la façade brisée, montait vers l'une des rares cours encore plantées d'arbres fruitiers, un jacquier et deux manguiers étaient coincés entre la clôture et un temple miniature où on brûlait de l'encens, surtout pour chasser les moustiques. Une vieille femme qu'il voyait pour la première fois se tenait à la porte de la véranda, se parlant à elle-même ou marmonnait-elle le mantra de la délivrance, elle paraissait à bout de forces, tout son corps tremblait, à coup sûr elle tomberait, puis roulerait jusqu'à la plage et traverserait l'océan pour se noyer en silence à l'embouchure du Gange si son bras lâchait le poteau de bois. D'un regard de myope, elle scrutait par-dessus la haie morte des maisons décolorées ou jamais peintes qui s'entassaient pêle-mêle en contrebas sur un terrain pentu et rocailleux, et dont les toits, quadrillés de pierres et de pneus usés pour que les cyclones ne les emportent, dépassaient à peine le niveau de la route. Ceux de la caste des éboueurs y habitaient, leurs femmes, des bonnes à tout faire.

La rue montait encore, en lacets jusqu'au quartier où avait grandi Anil, à l'époque on élevait des vaches et des cabris dans des étables sombres, à toit de chaume, des lapins dans des cages exiguës qui dégageaient une odeur suffocante de latrines, les poules flânaient dans des cours sans clôture, picorant sur le fumier et promenant leurs poussins dans les allées des potagers où poussaient le thym, la menthe, le persil frisé, et les arbres aux trois bandes peintes à la chaux où les pierres marquées de signes obscurs délimitaient les propriétés au pouce près. Le voisin était perçu comme un ennemi, un voleur avide de ses mangues, ses choux, ses poules, et prêt à grignoter ses terres à la première occasion ; le sien, tous les gamins du coin l'avaient surnommé Ringo, comme le héros d'un western sanglant, un sacré tireur qui criblait de balles les bandits qui s'étaient emparés de son ranch. Enfant, Anil le redoutait autant que le diable en personne, croyant qu'il était vraiment armé d'un fusil et qu'il tirerait sans sommation sur ceux qui empiéteraient sur son territoire, resté un mystère pour lui, même contemplé de près.

Le quartier éveillait des souvenirs qui flottaient en lui, il marchait pourtant d'un pas lourd, peut-être à cause de la rue qui lui paraissait interminable, comme creusée au centre de la Terre. Mon chemin de croix, a-t-il soupiré quand il a commencé à confondre des fragments du passé avec l'image de quelques vieux qui trottinaient devant lui. Ils étaient drapés de soierie ancienne et parlaient fort de restes et de reliques, ils formaient sans doute la queue d'un cortège funèbre. Anil a forcé l'allure pour fuir son enfance, quelle grande distance pourtant l'en séparait, des deux côtés poussaient des fleurs gaies et vives, mais sans odeur, et des arbres d'agrément en bordure des pelouses aplanies et tondues ras, qui rappelaient un décor peint, et il se sentait étranger parmi ces maisons vides, dénuées de perspective, qui ne portaient pas de tache, ni de soleil ni d'humidité. Mais où sont donc passés les poules, les potagers, les arbres fruitiers, les pieds nus dans la poussière qui prenait à la gorge, les haillons, les rideaux de plastique, les cerfs-volants, les chevaux de bois, tous ses jouets d'enfant ? En silence ils ont glissé sur la pente et atterri chez les éboueurs qui, repus à leur tour, les ont rejetés dans la mer où ils ont flotté parmi les détritus comme des poissons morts, avant de s'en aller à la dérive vers un autre siècle.

Mais voilà âme qui vive, se réjouissait-il en apercevant un chien qui le regardait sans ciller, la truffe accrochée à la grille, et il s'est penché vers lui en cherchant dans ses yeux une lueur qui établirait sa filiation de la vache, de la poule ou d'un cabri qui bêlerait d'indignation. Du coup, il s'est senti d'humeur plutôt joviale, aux oubliettes les tourments, les rancœurs, les querelles anciennes, terminés les pleurs, les longs soupirs et autres enfantillages, la vie n'est tout de même pas qu'un lit d'épines, et à pas comptés il a avalé en un moment d'extase la dernière ligne droite de la rue sans nom, qui s'est arrêtée net, à l'extrémité d'une terre à l'agonie, que balayait sans relâche le flot agité de la route Royale. Des voitures klaxonnaient en frôlant des silhouettes pliées en deux au bord du trottoir, qui penchaient la tête et guettaient l'autobus, et il a pouffé de rire en se rappelant les surnoms qu'on donnait aux gens : Caïman parce qu'enfant il s'étalait nu sur les rochers noirs et luisants de la baie de Tom Pouce pour se sécher et se réchauffer au soleil après chaque plongeon et qu'alors il souriait en montrant ses crocs comme l'animal, et son vieux cousin, Boîte Noire, qui avait la mémoire de tout, des temps anciens comme des trous perdus ; le sien, Tarzan !

Sans marquer le pas, quelqu'un a hoché la tête en croisant Anil, qui s'est retourné, un instant déconcerté de ne pas lui avoir rendu son salut, ce qui sur le coup lui a fait perdre le fil de ses pensées, peut-être Jimi ou Elvis, ils se ressemblaient de dos, puis entraînant l'œil par-delà la foule plantée à l'arrêt d'autobus, il a souri discrètement, les lèvres caressées d'un doigt, en constatant que la rue Ringo, ça sonnerait mieux que Gupta, s'était évanouie derrière l'atelier de couture, à la lucarne duquel pendait un complet d'un jaune vif, piqué d'aiguilles à repriser, qui était comme un soleil peint par des vaudous. Ah oui ! il portait, enfant, des shorts sans poche, ça coûtait moins cher à fabriquer, et quand ses camarades de jeux lui demandaient de les accompagner à la boutique du coin pour s'acheter des gâteaux ou des beignets aux légumes, il glissait ses mains sur son short : pas d'argent ! Un jour, sûrement pour mettre les rieurs de son côté, quelqu'un s'est écrié : comme Tarzan ! Qui voulait dire radin, peut-être doublé d'un malin vêtu exprès de shorts, dont l'absence de poche servait d'alibi pour justifier le manque d'argent, mais ce n'était pas de sa faute, son père ne lui en donnait jamais.

Qu'ils étaient inventifs, ces gamins, toujours à raccommoder des mots avec des images, et cruels par-dessus le marché ! À la moindre dispute avec quiconque de ses camarades, on lui rebattait les oreilles de son surnom sur tous les tons, lui demeurait sans voix, incapable de se défendre, son insigne flottant autour de lui comme sur une banderole le pétrifiait de honte, l'empêchant la nuit venue de trouver le sommeil. Heureusement qu'en grandissant, ils l'ont délivré, de guerre lasse, de ce mauvais sort qu'il a confiné avec ses autres secrets d'enfant dans un coin obscur de sa mémoire. Puis un soir, lors d'une fête arrosée, quelqu'un qu'il avait pourtant peu connu l'a salué d'un Tarzan tonitruant devant plusieurs invités, dont sa femme qui ignorait tout de son enfance, et il s'en est profondément offusqué, mais il a ri pour jouer le jeu. Par chance, personne ne leur a demandé des éclaircissements, ils sont passés à autre chose, ont trinqué au bon vieux temps, et Mirna l'a couvé des yeux durant toute la soirée, elle devait croire qu'enfant il se balançait d'une liane à l'autre pour impressionner les filles, et de retour à la maison, elle a exigé au lit : prends-moi, mon roi de la jungle, et pousse-moi des cris !

Il a traversé la rue en se frayant un passage parmi des piétons qui arpentaient le bitume sans souci des véhicules qu'ils esquivaient par des sauts de cabri, c'était désormais une danse à la mode, appelée le cabriolet, que des femmes exécutaient dans des bals populaires, les hommes singeaient à la perfection les chauffeurs et leurs bolides, s'en vantaient-ils, et sans surprise les accrochages étaient nettement plus élevés que sur les routes. Que pouvaient leur dire les deux policières qui tentaient de régler la circulation, les trottoirs trop étroits étaient bondés, et on y marchait en procession, comme des pénitents, au ralenti, sinon que d'ouvrir l'œil et de ne pas faire la sourde oreille aux klaxons ? Flacq aussi est une foule, s'est dit Anil en se rappelant Bombay où il avait étudié pendant trois ans, les mêmes mouvements qui paraissent confus aux touristes, et ces grouillements incessants où le moindre carrefour vire au labyrinthe, certains craignent alors la débandade et regrettent les allées balisées de leurs hôtels où l'on circule à l'abri des mauvaises rencontres, car tout y est fléché, du ciel aux coquillages, du personnel aux aromates sauvages, sauf qu'ici, il repensait à Bombay et aux cris des vendeurs qui l'empêchaient de dormir, les rues sont désertées du soir au matin, même par les chiens qui préfèrent sillonner les champs en quête de proie, la plage pour exhumer des restes enfouis dans une vie antérieure.

Devant le tribunal aussi il y avait foule. Dans la cour, sous l'arbre à palabres, des ouvriers en bleu de chauffe mangeaient des beignets aux légumes en soufflant fort après chaque bouchée avalée, trop d'épices et de sauce piquante qui brûlaient le palais. À quelques pas, adossés à un fourgon cellulaire, deux matons fumaient d'un air absent, les yeux levés au ciel, peut-être pour une prière ou un pardon, ils avaient ce regard suspendu dans le vague qui essayait de combler le vide, ils devaient penser à leurs captifs menottés, murés dans leur fosse comme après un éboulement, auxquels ils finiraient par ressembler, et ils savaient qu'il leur serait impossible de revenir en arrière, c'était écrit. Sur le perron, des gamins des rues, sans doute en liberté conditionnelle, discutaient le sourire aux lèvres et à grand renfort de bras avec un avocat qui semblait acquiescer à leurs vœux, ils étaient accusés pour la plupart de faux et usage de faux, pour les viols et les meurtres c'était le jeudi qu'on siégeait. Et à l'intérieur du bâtiment, dans les bureaux poisseux, les juges et leurs commis spéculaient sûrement sur le montant des pots-de-vin, perçus des deux parties, dit-on, car il fallait bien respecter les lois économiques. Celles de l'offre et de la demande poussaient les enchères et dédouanaient les fortunés.

Derrière le marché aux fruits et légumes, séparé du tribunal par un caniveau où pataugeaient des chiots parmi des feuilles de chou-fleur et des coques de noix de coco, se trouvait un kiosque à journaux, dont la paroi de bois était tapissée d'images de dieux hindous et de la Vierge Marie, et sur l'une des étagères trônait une statuette de Shiva ornée d'une guirlande de soucis et entourée de vases en cuivre jaune et rouge où brûlaient de l'encens et du camphre. Le vendeur ressemblait à son idole de cire, sa peau prenait dans la pénombre la teinte de l'ardoise, son front arborait un tikka en forme de troisième œil, et ses bras se multipliaient quand il tendait les journaux et encaissait la monnaie, mais il n'avait rien d'un danseur cosmique, il se déplaçait avec une béquille sous le bras, et il ignorait sûrement ce qui se tramait dans l'au-delà, de toute façon il se prénommait Ganesh, comme le dieu à tête d'éléphant qui, grâce à la taille de son cerveau, résout tous les problèmes du monde.

Anil a sorti de sa poche deux pièces de dix roupies, les a posées sur le comptoir, a lu la manchette et parcouru les treize photos, étalées sur la page comme un jeu de cartes, des prétendants au poste de directeur des casinos de l'État. À demain, lui a dit Ganesh, on connaîtra alors le vainqueur, et nul doute que sa photo sera en couleurs. Pas de doute, a acquiescé Anil d'un signe de tête poli qu'il aurait préféré grotesque pour faire lui aussi le pitre et du foin, puis il a roulé son journal en long, s'en est servi pour chasser la nuée de moucherons qui ont dansé autour de lui aux abords de la boucherie et du marché aux poissons, s'est imaginé en floraison, frais, ardent et odorant, sûrement pour contrer son penchant morbide, sa prédilection pour les êtres abandonnés et les choses démodées, qui tombent en ruine. Des mouches de plusieurs espèces de formes et de couleurs, que repoussaient en dilettante les vendeurs, l'un avec un prospectus et l'autre un torchon mouillé, étaient elles attirées par des poissons colorés, à l'œil encore luisant, et par la tête d'un cerf fraîchement tranchée, exposée comme un trophée au milieu de l'étal. C'est couru d'avance, aurait-il voulu dire à Ganesh qui a toujours feint l'ignorance, c'était tout bénef pour son commerce que de tenir les lecteurs en haleine, les autres n'avaient aucune chance face au fils d'un ministre, trop d'argent en jeu pour que ça sorte de la famille.

Il a plié le journal et l'a enfoncé avec dépit dans sa sacoche. Comme il aimerait ne pas savoir ce qui se passait dans son pays, ça le déprimait de n'être plus sûr de rien, les mœurs s'étant relâchées, les politiciens pour la plupart étaient devenus des bandits qui ne vénéraient que l'argent, et les fonctionnaires des affairistes, mais comment passer ses journées au magasin quand il n'y avait pas de client, il ne pouvait tout de même pas abolir la distance qui le séparait de ses vendeuses et engager avec elles une conversation, ça sonnerait faux et elles s'en offusqueraient les premières, et lire un livre était au-dessus de ses forces, il n'en avait guère la patience ni l'envie, peut-être un magazine avec des photos de campagne suisse ou anglaise, ça le reposerait. Traversant la rue, il a serré une main calleuse et bousculé une jeune femme qui lui a lancé un coup d'œil par en dessous, et quand il s'est arrêté devant l'étalage de Toum pour s'acheter un cornet de pistaches bouillies, il a compté les clients qui faisaient la queue, puis a regardé sa montre en continuant à taper du pied, Vimla et Santa l'attendaient.

En silence elles patientaient à l'entrée du corridor attenant au magasin, les yeux parfois baissés pour éviter les regards appuyés des hommes. Santa portait une robe de satin vert, sa couleur à elle, qui lui tombait des épaules en plis inégaux. Ses tresses raides et luisantes prêtaient à ses traits tirés, accentués par un visage creux, une expression d'une étrange beauté. Tout contre, Vimla maintenait d'une main ferme sa robe en deux, trois nuances de bleu qui gonflait cependant et flottait derrière elle au gré du vent, de l'autre elle serrait contre son ventre un sac en caoutchouc mousse éraillé, qui rappelait par son galbe et ses dimensions celui d'une sage-femme. Leurs têtes rapprochées formaient une voûte qui semblait se détacher des corps desséchés, une ronde-bosse autour de laquelle s'affolait un papillon jusqu'au moment où elles se sont séparées pour saluer le patron, dont le grognement rendu était pareil à celui d'un enfant gâté.

Il a tendu à Vimla sa sacoche, à Santa le cornet de pistaches, a soulevé la grille, ouvert la porte et allumé toutes les lumières qui ont clignoté un bon moment avant d'éclairer avec une soudaine netteté les pierres de couleur qui ornaient les vêtements en montre. Il a alors promené ses regards autour de lui pour s'assurer bouche bée que tout y était. Il a souri et fait oui de la tête, les vendeuses aussi, s'est installé derrière la caisse, l'a ouverte avec une clef à pompe dorée, y a fourré quelques billets sortis en douce de la sacoche, l'a refermée aussitôt, a déplié son journal et déchiré le cornet, tandis que Santa balayait le sol et Vimla enlevait la poussière des vêtements et du visage de cire ou d'osier des mannequins d'étalage.

Il lisait à la rubrique des mondanités un article sur un prêtre qui aurait escroqué plusieurs notables de la capitale quand les premiers clients ont franchi la porte du magasin. C'était un jeune couple qu'il ne connaissait pas, mais le visage de l'homme lui a rappelé celui d'un camarade de classe perdu de vue depuis longtemps, c'était un visage de Peau-Rouge sur le sentier de la guerre, comme taillé à la serpe et teint en ocre, et aussitôt a surgi dans sa mémoire le soleil du matin sur la cour de récréation et l'infinie variété des dégaines qui répondaient à l'appel. Vimla leur a dit bonjour, que puis-je faire pour vous ? La femme a répondu qu'un sari de soie d'un joli rose saumon et pas cher ferait l'affaire. Quant au prêtre, il avait promis aux notables un bien meilleur rendement que dans n'importe quelle banque s'ils plaçaient leur argent dans le coffre de son temple. Il relisait l'amorce de l'article quand la femme, inventant un nouveau sourire, lui a demandé des conseils sur le lavage et l'essorage, auxquels elle a fait mine de prêter une vive attention, et l'homme d'une voix grêle qui tranchait avec ses traits, une remise.

Il a été interrompu dans sa lecture de l'expression du jour par une cliente qui ne voulait s'adresser qu'à lui pour une banale question d'assortiment de couleurs, par un encaissement dans celle d'un entrefilet consacré aux immigrés bangladais qui pour la plupart travaillaient de nuit dans des boulangeries et habitaient des baraquements dépourvus d'eau courante et d'électricité. Il en avait croisé quelques-uns un jour de fête, qui sortaient d'un cinéma en se donnant le bras, et ils avaient tous la moustache en croc et la barbe mal rasée. Saisi d'une douce mélancolie devant leurs vêtements d'un modèle suranné et leurs chaussures ressemelées à la main, il s'était promis de les défendre si en période de crise ils étaient agressés par ses compatriotes qui leur crieraient à la porte les étrangers, voleurs de travail, et c'était bien la seule cause qui le pousserait à manifester dans les rues. Et il parcourait le courrier du cœur en grignotant les dernières pistaches, tandis qu'un vague ami de son père qui avait acheté un dhoti et unc kurta cancanait en lui divulguant des manœuvres politiques des plus obscures, dissimulées par le journal et auxquelles il ne prêtait qu'une oreille distraite jusqu'à les confondre avec des contes de lait et de dépit amoureux, et il a pu lire toutes les petites annonces sans être dérangé, preuve qu'il continuait à perdre des clients.

Puis Rakesh est arrivé un peu avant midi, comme tous les vendredis depuis qu'il était rentré au pays, ça devait faire trois, quatre semaines, a salué Anil qui s'est levé pour le dévisager à son aise, il avait encore grossi. Plus de sept ans qu'il avait quitté Maurice pour s'installer à Madagascar où il avait monté une usine textile, l'avait revendue pour du beurre en début d'année, à cause des salaires qui grimpaient après chaque cyclone, sinon elles n'auraient pas repris le travail, préfèrent bouffer des racines dans la forêt ou se prostituer. Il n'avait guère changé, à part la barbe et l'embonpoint, toujours à complimenter les femmes sur leur teint de jeune fille. Il a même ouvert des yeux ronds quand Santa lui a rappelé qu'elle avait déjà marié ses trois enfants, et qu'il était invité à chaque fois, c'était bien avant son départ pour Madagascar, et d'autres choses qu'il savait sûrement, tandis que, la bouche cachée par une main, Vimla réprimait un éclat de rire, mais ne pouvait s'empêcher de gigoter.

Pour elles les racines, a murmuré Anil en fixant la bedaine de Rakesh, et pour toi des repas de tripes et de génisses nourries à l'étable.

Et Mirna est arrivée à midi pile, minutée comme à la guerre, lui a lancé Rakesh qu'elle a toisé des souliers à la raie portée au milieu avant de lui demander d'un ton sec pourquoi il ne se rasait plus, elle trouvait que la barbe blanche le vieillissait de trop d'années. Santa a posé sur le comptoir coudé le bras d'un mannequin qu'elle venait de réparer, Vimla pouvait sentir le sourire s'effacer de son visage et ses mains enveloppées d'un sari incapables de bouger. Au contraire, a protesté Anil, ça lui donne un air distingué qui doit plaire aux jeunes filles, et il a tendu à Mirna la petite clef dorée, a pris le bras de Rakesh, l'a agité pour saluer à tour de rôle les trois femmes qui semblaient pressées tout à coup de se mettre au travail. Promenant une main distraite sur la caisse, Mirna a failli demander à Santa qui nettoyait à l'alcool le bras du mannequin et à Vimla qui enlevait les plis du sari en faisant claquer ses paumes, ce qu'elles pensaient de la barbe de Rakesh, mais elles répondraient en chœur qu'elles pensent comme Madame, trop peur de la contredire.

En levant les yeux, Vimla était surprise de rencontrer le regard d'une jeune femme qui cherchait une écharpe pour sa mère, d'habitude le magasin était vide durant sa pause-déjeuner. Elle a prévenu la vendeuse d'un air détaché, assurément elle planait, que sa mère ne fêterait son anniversaire que dans trois mois, mais comme elle était lente à se décider, elle a voulu tâter le terrain, et l'écharpe de soie à l'indienne, elle en avait rêvé la veille, lui paraissait le bon choix. Vimla a remis le beignet dans le cornet, a poussé la porte à deux battants et s'est faufilée dans les rangées d'une pièce qui servait de remise, mais les seules écharpes qu'elle a dénichées au fond d'un carton éventré étaient d'un coton blanc qui par endroits avait viré au beige, et dont personne ne voudrait, mais la maison s'attendait à de nombreux arrivages d'ici trois mois, a-t-elle promis à la jeune femme, et elle a noté, penchée sur le carnet de commandes, des écharpes de soie à l'indienne de toutes les couleurs, puis tracé à la hâte, dès qu'elle lui a tourné le dos sans un mot, trois points d'interrogation.

Avant de se rasseoir, elle a lorgné du coin de l'œil Santa qui semblait inventorier les boutons et les bracelets fantaisie et comparer leurs prix, puis Madame qui a plié et rangé le journal sous le livre de comptes, a maudit ces repas d'affaires qui n'en finissent pas, alors qu'elle a des courses à faire, du linge à rentrer et le dîner à préparer, a regardé par la porte dans la rue, a remis sa montre, et lasse d'attendre Anil qui d'ordinaire ne faisait qu'une bouchée de son déjeuner, s'est levée d'un bond et a demandé à Santa d'aller le chercher au restaurant Bonnie and Clyde et de le ramener au magasin sur-le-champ, sans compter qu'elle doit appeler ses enfants.

D'un pas hésitant, elle est sortie du magasin, elle ne voulait pas se rendre chez Bonnie and Clyde, elle n'avait d'ailleurs jamais mis les pieds dans aucun restaurant, mais elle voyait bien ce qui s'y tramait, que des hommes avec leurs yeux louches d'alcoolique qui vous reluquaient, et avec sans-gêne s'il vous plaît, comme si on était leur chose, de plus elle n'avait aucune envie de déranger son patron en pleine discussion ou au beau milieu de son repas. Madame n'avait qu'à y aller elle-même, mais elle ne lâcherait sa caisse à aucun prix, trop peur qu'on y fourre nos sales pattes. Dehors il faisait une chaleur de four mais elle suait à peine, même quand elle a pressé le pas dans la rue des Rosiers qui grimpait dur jusqu'à hauteur de la boutique Margot, d'où elle a tourné sur la droite, et filait vers la mer quand Vimla l'a rattrapée avant qu'elle ne débouche dans la rue des Manguiers : Madame te dit que s'il n'est pas chez Bonnie, va le trouver au Tom Pouce. Elle s'est retournée tout aussi brusquement qu'une majorette qui exécute un demi-tour, a ravalé sa respiration et s'est remise à trottiner.

Comme ça a changé le long de la plage, il y a dix ans la rue des Poissons, ainsi nommée à cause de ses nombreux virages, n'était qu'un chemin charretier, aujourd'hui elle est bordée de grilles dorées, d'allées privées, de bars à putes, mais toujours ces cabanes de pêcheur qui se dressent dans des carrés d'herbe noire et ces appareils ménagers déglingués que l'on jette dans l'étang rouillé. Sur la rive exhaussée, éloignée des cases, une jeune fille se laissait conduire par la main, elle portait un chapeau de paille, une robe de fête froissée, des paillettes sur ses souliers, l'homme une chemise à fleurs bleues et un pantalon cigarette. Parvenue à la hauteur d'une grotte dédiée aux noyés et aux rescapés, Santa a traversé la rue et poussé la porte du restaurant Bonnie and Clyde. Elle a filé droit sur le comptoir dès qu'elle l'a repéré, a dit au patron que c'est Madame Mirna qui l'envoie pour voir si Monsieur

Anil est là. Pas aujourd'hui, a-t-il répondu, lui est-il arrivé quelque chose ? Mais qu'est-ce que ça peut te foutre ? s'est-elle emportée par la pensée, et elle lui a tourné le dos avec dédain, s'est cognée à un tabouret de bar, a marché sur du plastique qui a couiné et a ouvert la porte qu'elle avait fixée jusqu'au bout, ne voulait voir ni bouche tachée de sauce piquante ni moustache mouillée de bière pisseuse, les odeurs lui suffisaient.

Une femme sans âge s'est signée en passant devant la grotte, l'autre main crispée sur l'anse d'une corbeille à ouvrage, et les amoureux enlacés à l'ombre d'un flamboyant semblaient compter les poissons volants au-dessus de l'étang. La rue descendait à pic, devenait un chemin de terre qui s'embranchait sur des sentiers rocailleux et menait à des champs à demi cultivés, à des bosquets et à la mer couleur du temps. Santa ne pensait pas avoir autant mal aux pieds à marcher sur des cailloux, à éviter les argousiers et les tessons de bouteille. Pressant légèrement le pas, elle a contourné un remblai disposé en talus et s'est arrêtée quelques mètres plus loin devant une grille ornée d'une mousse velouteuse. L'ayant à peine poussée et d'une voix vibrante, elle a demandé si quelqu'un avait vu Monsieur Anil. Il était avec Monsieur Rakesh, a répondu un serveur qui débarrassait les tables de la terrasse, et il a tiré sur le bord de sa casquette pour dévoiler des yeux rapprochés, qui louchaient, mais ils sont partis il y a une bonne heure. Leur est-il arrivé quelque chose ?

Que vais-je dire à Madame ? Lui répéter pour commencer les questions que j'ai posées et décrire les gens que j'ai croisés, sinon elle va croire que j'ai été me promener sur la plage. Que sûrement il a mal digéré, et qu'il est rentré à la maison pour vomir, puis dormir. Elle a pensé à faire demi-tour pour demander au serveur ce qu'il avait mangé, de nos jours il faut se méfier de leurs crevettes pas fraîches qu'ils enrobent d'une sauce pénétrante pour qu'on ne se doute de rien. Elle a changé de trottoir pour s'éloigner d'un échafaudage qui lui semblait bancal, prêt à céder, a traversé un parc à bestiaux pour perdre du temps et rejoint la route Royale à la hauteur du pont en dos d'âne, tout en se répondant à elle-même et en changeant de voix, elle s'imaginait au magasin au début d'un interrogatoire, puis entraînant l'esprit, à pas mous le long de la gare routière, elle décrivait par le menu le comptoir et la terrasse, et citait les paroles du serveur sans se démonter.

– Donnez-en un bleu à Lata, un rouge à Miranda, et toi, Norma, tu as choisi quelle couleur ?

– Mais je ne veux pas de sari, a répondu la jeune fille en fixant sa mère avec des yeux tranquilles.

Vimla lui a dit sur le ton de la confidence que le jaune lui irait à merveille, à cause de la couleur de sa peau, de ses yeux, de ses cheveux, tout en jetant des coups d'œil furtifs à Madame qui, figée dans un état de stupeur depuis que Santa était rentrée bredouille au magasin, ressemblait à un mannequin d'étalage découpé comme au bon vieux temps dans du carton-pâte. Elle avait senti son visage tendu, les os prêts à fendre sa peau, quand elle avait téléphoné à Rakesh, à la maison en priant son mari de décrocher, à sa mère pour connaître le temps qu'il faisait à Crève-Cœur, elle n'avait pas osé lui parler de la disparition d'Anil, et pour avoir des nouvelles des enfants.

Le front dans sa paume, elle a attendu que la mère et ses trois filles aient franchi la porte pour descendre de son socle et faire la causette avec ses vendeuses. L'angoisse lui avait desséché la peau, qui virait au gris dès qu'elle avait une absence, mais pas la gorge, elle leur postillonnait dans la figure même quand elle parlait à mi-voix, et une odeur d'aisselles les remplissait de dégoût à chaque fois qu'elle levait les bras au ciel.

Santa ne pouvait comprendre que Madame, habituellement si hautaine et si distante, baisse les yeux ou les regarde de biais en contant toute l'affection qu'elle portait à son mari. Sa peur de le perdre la touchait vraiment, peut-être parce qu'elle avait failli enterrer le sien après un accident sur un chantier, même s'il lui était agréable qu'elle aussi soit frappée au cœur de son bonheur, c'était comme un réconfort qu'elle soit punie, de quoi, elle ne le savait pas encore, mais elle y réfléchissait quand Madame a subitement changé de masque en reprenant des couleurs. D'un ton badin, elle a proposé à chacune d'émettre une hypothèse sur la disparition somme toute anecdotique de son bien-aimé, puisque momentanée.

– Qu'attendez-vous pour vous lancer ? Et dites vraiment ce que vous pensez... Allons, mesdames, un peu de nerf, ce n'est qu'un jeu !

– Je crois que Monsieur Rakesh ne dit pas la vérité, s'est hasardée Vimla, lui et Monsieur Anil sont toujours ensemble, quelque part à Flacq mais au secret pour prolonger la discussion sur un projet de la plus haute importance, parce que ça n'a pas suffi, une heure, pour peser le pour et le contre. Voilà ce que je pense sincèrement, et ce soir il vous ramènera votre mari à la maison, qui vous confiera, épuisé mais tout heureux, les clefs de cette affaire.

– Moi je crois plutôt, a protesté Santa, et elle a regardé Vimla de travers en se tapant la tempe à plusieurs reprises avec son index, et ça dès le début, que ce qu'il a mangé au restaurant était avarié et que ça l'a rendu malade, alors il est rentré à la maison pour vomir, puis dormir d'un long et profond sommeil, ce qui le remettra d'aplomb dès son réveil, et là, j'en suis sûre, il se promettra de ne plus fréquenter ce restaurant ni aucun autre.

Pour les remercier, Mirna a pris leurs mains et les a serrées en évitant de leur faire mal avec ses doigts chargés de bagues, puis feignant d'avoir été requinquée par les deux hypothèses, elle a regagné sa place, regardé sa montre et dans la rue. Ça lui a sauté aux yeux, elle a même eu l'impression d'avoir un accès de paralysie à la tête, un passant qui avait les traits d'Anil et sa coupe de cheveux, un autre sa démarche et le pantalon qu'elle lui avait offert pour son anniversaire, mais elle a gardé son sang-froid, estimé la taille et le poids, et ne s'est pas laissé berner. Elle a tenté à plusieurs reprises de se soucier des nappes mal repassées par sa bonne et d'une possible fuite d'eau dans la salle de bains, ça ne l'aidait pas à se demander sans répit ce qui avait bien pu se passer ni à entretenir l'espoir que son mari soit encore vivant. Après quelques pas nonchalants, un homme à la chemise ouverte jusqu'au nombril qu'elle suivait depuis sa descente d'un autobus a écarté les jambes avec aisance et s'est accoudé à la barrière près du pont, et quand il a redressé la tête et dévoilé un regard mauvais, elle s'est pincé le nez pour ne pas blêmir, elle a pensé pour la première fois au meurtre.

Elle évitait les miroirs pour ne pas sombrer, et quand il n'y avait pas de client elle fermait les yeux et glissait dans sa tête comme des billets dans la caisse les paysages de son enfance contemplés d'un flanc de coteau où son père plantait le gingembre. C'étaient des toits plats et des cours poudreuses où les grains de café séchaient au soleil, et plus bas un ruisseau et des monticules de pierres grises dans le petit bois qu'on appelait de tous les verts et qu'elle faisait revenir en boucle pour l'apaiser, il y avait foule le dimanche qui pique-niquait, les amoureux c'était après l'école et vite fait. Et quand elle rouvrait les yeux, c'était d'abord pour regarder l'heure, puis la tête des vendeuses qui semblaient perdues dans leurs prières.

Plus qu'une heure à tirer, faut quand même respecter les horaires, sinon ça éveille des soupçons chez les autres commerçants et on doit répondre à toutes sortes de questions, d'ailleurs leur dire aux deux bigotes de n'en parler à personne et de venir demain au magasin et à l'heure, comme si de rien n'était, et elle de continuer à sourire aux clients et au moment d'encaisser de leur demander des nouvelles des petits et des anciens. Mais pile à cinq heures on ferme et pas question qu'elle s'arrête et dise un mot à son amie Manna, elle filera comme une flèche à la maison pour vérifier si la grande prêtresse a vu juste avec son histoire de poisson pourri, d'autant que Rakesh a rappliqué tout à l'heure et qu'il a dit que maintenant qu'il y pensait il sentait comme un accordéon dans son ventre. Et de toute façon, a-t-il balayé d'un revers de main et avec des yeux furibonds, à quoi bon le meurtre ?

Raffa parcourait tranquillement une carte de la ville dressée la veille par sa nièce de douze ans, c'étaient des noms de rues et de quartiers, l'emplacement du tribunal, de la poste, de la mer avec des vagues qui ressemblaient à de fausses chevelures, de la gare routière, d'une école rendue célèbre par des maçons qui avaient découvert sous les décombres d'une salle de classe des ossements de drontes et un puits vieux de plusieurs siècles, qui datait de la période hollandaise, des champs d'oignons séparés du cimetière par la route côtière et à travers lesquels ondulait un ruisseau dans le soleil couchant, quand il a entendu quelqu'un l'appeler. Pourtant il a pensé, captivé par la carte et les rêveries qu'elle entraînait, au vent, aux feuilles et aux ailes qui bruissaient, et pour s'en assurer il a levé la tête et regardé par la fenêtre. Une silhouette plus sombre que la nuit lui a fait un grand signe de la main. Il a allumé les lumières de la terrasse et ouvert la porte, c'était Elvis qui s'esclaffait. T'aurais dû voir combien tu semblais perdu, a-t-il dit, comme si tu cherchais un fantôme. Ou un rat mort, a failli lui répliquer Raffa, mais l'autre a enchaîné en baissant la voix : Mirna qui m'envoie, Anil a disparu.

Voici à peu près ce qui s'est passé, a commencé Elvis, dès qu'ils ont gravi le remblai et atteint la route côtière, tandis que Raffa regardait vers la plage, éclairée par des réverbères qui projetaient à intervalles réguliers des rais de feu, et où des enfants déguenillés jouaient autant au foot avec un ballon pelé qu'ils se chamaillaient en hurlant à la mort pour un but ou une faute, il pouvait aussi entendre en prêtant l'oreille la télévision, des bruits de marteau et d'autres voix qui lui parvenaient par-dessus les haies et les murs, et ses bras ont battu l'air en cadence avec leurs pas quand Elvis a conclu que c'était comme un tour de passe-passe, la façon dont Anil s'était volatilisé.

– Et toi, t'en penses quoi ? a-t-il demandé à Raffa.

– Pas grand-chose, a-t-il répondu, la nouvelle m'a étourdi, et je n'en reviens toujours pas.

– C'est tout ?

– Attends de voir, a dit Raffa d'un ton sec, on n'est qu'au début. Sûrement qu'il rentrera cette nuit, les gens ne disparaissent pas comme ça.

– Quelqu'un qui te salue, a chuchoté Elvis en désignant du menton un jeune homme en uniforme de veilleur de nuit.

C'était Sada, qui avait été apprenti chez Raffa, mais pour quelques semaines seulement, après avoir été recalé au certificat d'études. Il portait une veste à pan vert-de-gris, chamarrée de boutons cuivrés et d'épaulettes d'amiral argentées. Saluant de nouveau Raffa, cette fois-ci d'une voix rauque d'ivrogne mais avec un sourire d'enfant, il a sorti un briquet de sa poche et d'une petite secousse a renversé le poignet pour rallumer sa cigarette, puis il s'est adossé à un pylône, au-dessus de sa tête une affiche annonçait une sorte de combat entre deux chanteurs dans une boîte de nuit, ils avaient les poings tendus et se regardaient bien en face, avec des yeux exorbités d'une colère sûrement feinte, et à ses pieds ronronnait un cabot noir avec un ruban coloré autour du cou, sans doute un chien de garde dressé à chasser les intrus.

– Tu as raison, a acquiescé Elvis, un disparu, ça laisse forcément des traces, même quand il se fait kidnapper.

Raffa ne pensait plus à Anil, il s'était retourné pour regarder Sada qui montait dans la navette de l'hôtel, en se disant qu'on en voyait de plus en plus, de veilleurs de nuit et de chiens de garde, comme aux temps anciens quand on vivait dans la brousse avec des tribus ennemies tout autour, et il imaginait les guetteurs dans les arbres, à leurs pieds des molosses qui ronronnaient, mais qui pouvaient l'instant d'après déchiqueter le corps d'un rival sans crier gare.

– Je n'ai pas dit qu'il l'a été, s'est empressé d'ajouter Elvis, sinon on aurait vite fait d'en tirer une rançon. Et s'il a été tout simplement prendre du bon temps avec une autre femme ? Ce qui ne m'étonnerait pas, avec cette jeunesse frivole, prête à tout pour arracher un rabais. Tu lui connais une maîtresse ou deux ?

Parce qu'il ne supportait plus ses questions ni ses suppositions, et qu'il ne voulait entendre que des voix lointaines comme celles qu'il confondait en s'endormant avec le clapotis des vagues et le bruissement des palmes, Raffa a pensé à la fille aînée d'Elvis qui faisait la pute dans des hôtels. Malgré toute la tendresse qu'il éprouvait pour lui, il aimerait tant lui dire, rien que pour lui rabattre le caquet, qu'il ne fallait pas chercher loin, c'était elle la maîtresse d'Anil. Quoique pas qu'elle, ajouterait-il pour exciter sa curiosité, qu'il pourrait dégonfler aussi sec en lui riant au nez, mais il a ricané tout seul dans l'obscurité et d'un grognement de protestation un peu forcé a répondu que non, il ne connaissait de maîtresse ni d'amant à personne. Et il a levé au ciel un visage vidé de toute expression, qui ressemblait à un œuf mollet et qui était comme une pancarte indiquant qu'il s'était absenté et que pour le joindre il fallait patienter.

En attendant que Raffa retrouve son allant et tourne vers lui un visage ouvert et rieur, Elvis faisait comme si c'était la première fois qu'il arpentait cette rue, et ça l'amusait beaucoup. Les yeux rôdant au travers de la plage, des rochers ou des maisons qui la surplombaient et de quelques terrains vagues tapissés de débris de pirogues à balancier, il se demandait ce qu'il penserait de l'endroit si c'était vrai. Probablement comme la plupart des touristes qui s'extasient devant la mer et le soleil et se soucient comme d'une guigne de l'arrière-pays. Et par quel ricochet et à quelle vitesse, s'émerveillait-il, la pensée des trous perdus que personne ne photographie a éveillé en lui le souvenir de sa mère le tenant par la main et l'emmenant chez sa cousine à elle qui habitait l'une des cabanes bâties sur un terrain pentu et poussiéreux. Au bas coulait une rivière où barbotaient des enfants nus, dont deux cousins à lui qu'il voyait pour la première et dernière fois. La gorge sèche et la bouche amère, il essayait de tirer au clair ce souvenir, il voulait surtout comprendre pourquoi ça l'avait subitement rendu si triste, quand Raffa a baissé les yeux et descendu la côte avec entrain.

Alors à voix basse Elvis lui a confié que ça n'avait aucune importance qu'il approuvait ou pas, mais beaucoup par ici, même parmi les notables, croient que ça existe encore, la sorcellerie dans ce pays : imagine que pour un sacrifice, je ne dis pas forcément dans un cimetière à minuit, on l'ait réduit en cendres, alors là c'est foutu, on ne verra plus Anil.

– Et d'autres qui croient à la magie, a renchéri Raffa en marquant le pas. Sans rire, imagine qu'on l'ait transformé en citrouille ou en un buisson ardent, là non plus tu ne le verras pas, tu ne le reconnaîtras même pas, ni lui d'ailleurs.

Comme ils ont dû grandir et vieillir, s'est dit Elvis en repensant à ses cousins, et ce dès que l'autre s'est mis à pouffer. Il s'est figuré l'instant d'après leur taille, leur poids, leurs traits et même leur métier, et il était certain qu'un jour il les croiserait à un mariage ou à un enterrement, mais sans le savoir. Voilà ce que nous sommes devenus, en a-t-il conclu, des étrangers dans un monde qui n'existe plus, mais avec lequel nous ne pouvons rompre. Et vite il s'est rapproché de Raffa pour fuir ses souvenirs et adoucir son chagrin, l'a regardé de biais, a trouvé que son visage était particulièrement beau, même quand il a imité la forme de la citrouille en tordant sa bouche d'une vilaine grimace.

Il en riait encore quand il s'est arrêté à l'entrée de la rue où habitait Mirna, il devait rentrer chez lui et se préparer pour une partie de pêche qu'il avait promise à son neveu, et en serrant longuement la main à Raffa comme quand on compatit à un malheur, il lui a confié à froid que si d'aventure cette nuit il attrapait une sirène dans son filet, il supplierait son neveu de ne lui faire aucun mal, ça pourrait être Anil et son âme qui voyage. Quand il a enfin lâché sa main, il a parlé confusément, avec une quinte qui lui déchirait la gorge. Comme dans un aveu d'on ne sait quoi, voulait-il dire, et il a fait un pas de côté et tenté de distinguer des silhouettes dans la pénombre d'un corridor, pas plus tard que ce matin il l'avait croisé ici même, il l'avait salué mais Anil ne l'avait pas vu. Et ne pouvant maintenir cette moue incrédule qui commençait à crisper sa mâchoire de douleur, il a tourné le dos à Raffa en claquant des talons, a soupiré et soufflé fort, s'est gargarisé avec sa salive et s'en est allé avec la mer et les sirènes, son rire et ses bras ballants.

Adossées à la devanture de l'atelier de couture qui faisait l'angle, et assises à même le sol, quatre adolescentes buvaient de la bière au goulot en se passant la bouteille, fumaient de l'herbe et écoutaient de la musique, une radiocassette était posée à la hauteur de leurs oreilles sur une caisse en bois. Probablement des sœurs ou des cousines : même teint olivâtre, une bonne denture, des yeux qui riaient à tout propos et un mouchoir pirate de travers sur la tête. De pas grand-chose, peut-être d'un léger hochement de tête, Raffa allait les saluer quand tout à coup celle qui portait un mini-jean et un bijou au front a tiré la langue à des hommes qui braquaient leurs regards sur elles d'une voiture roulant au pas, puis elle a émis un bruit de serpent qui sifflait et menaçait, les trois autres lui ont rappelé Elvis quand elles ont éclaté de rire, la même et folle gaieté forcée dans les yeux.

Assise sur un arbre déraciné par un cyclone, dont ses enfants avaient détaché l'écorce par jeu et coupé les branches pour faire du feu, Mirna regardait vers la mer qui semblait briller d'une peinture d'argent toute fraîche. En entendant des pas, elle a vite arrangé ses cheveux et essuyé son visage trempé de larmes, et même si elle savait qu'ils étaient à Raffa, sa gorge s'est serrée à lui faire mal quand il l'a appelée. Elle paierait cher pour réentendre la voix de son mari, qu'elle imaginait épuisée après avoir crié à l'aide dans le désert, elle irait jusqu'à vendre la maison et le magasin. Pour ôter l'image de cette terre morte de sa tête, elle l'a secouée, s'est retournée et les yeux baissés a gravi l'allée sablée bordée de mottes d'herbe noire. Avant de se blottir entre ses bras pour étouffer un sanglot, elle a demandé à Raffa d'une voix qui tremblotait de s'occuper de tout, elle était à bout. Peut-être parce sa nuisette sentait le renfermé et son haleine le riz fermenté, il l'a prise par la main et l'a emmenée à la salle de bains, et quand à moitié nue elle s'est frappé la poitrine pour signifier que son cœur était brisé, il lui a promis de tout faire pour retrouver Anil et le ramener à la maison, mais d'abord il fallait qu'elle se douche pour se ressaisir. Attendant derrière la porte qu'elle ouvre le robinet pour sortir de la chambre sur la pointe des pieds, il s'est demandé comment dissimuler ses bourrelets s'il devait lui faire une robe serrée et pincée à la taille.

Il a mangé du fromage et bu de l'arak à la cuisine, a regardé une photo récente des enfants au salon et par un couloir s'est dirigé vers la terrasse où il s'est affalé dans un fauteuil et a essayé de se rappeler d'anciennes histoires de disparus et de revenants entendues lors des veillées funèbres, ce qui lui a permis de détourner son esprit d'Anil. Le plus dur, concédait-il après avoir pesé le pour et le contre, c'est quand on disparaît dans un pays qui n'est pas le sien, et si en plus on est aussi amnésique que ce médecin parti en Angleterre accompagner un malade, c'est le chiendent pour démêler les embrouilles. Et admettons qu'il soit vivant, poursuivait-il quand Mirna a déboulé du couloir avec une cigarette au coin des lèvres qui rougeoyait, a-t-il seulement essayé de quitter l'Angleterre ou y a-t-il commencé une nouvelle vie, un nouveau métier ?

Ragaillardie par la douche qui l'avait sans doute dégrisée ou par les vêtements qu'elle portait, un chemisier en coton rayé et une jupe à godets fraîchement repassés, elle s'est renversée sur la chaise longue en décroisant les jambes, a rouvert les yeux en rendant la fumée et a fait un grand sourire à Raffa qui a cru comprendre qu'elle saurait rendre la vie agréable même dans l'adversité.

Et porté par son allant retrouvé, il a répété à Mirna ce que son frère lui avait répliqué quelques années auparavant alors que, résolu à éclaircir le mystère qui soit dit en passant demeure, mais dont plus personne ne parle, il n'en finissait pas d'échafauder des hypothèses sur la disparition d'un ami d'enfance survenue l'avant-veille et d'énumérer des pistes pour le traquer, en s'appuyant sur son âge, son métier, sa situation familiale, sur le temps qu'il faisait, il avait lu dans un magazine que les malheureux sont encore plus malheureux les jours de pluie, et sur l'endroit où il a été aperçu pour la dernière fois et bien d'autres paramètres encore, à savoir qu'il n'y a au bout du compte que deux possibilités, il est vivant ou bien il est mort.

– Sans blague ! a fait Mirna en roulant des yeux furibonds, il a trouvé ça tout seul ? Et admettons qu'il soit mort, pourquoi on ne retrouve pas son cadavre ?

Raffa a dit que peut-être après avoir quitté Rakesh il s'est promené sur la plage pour digérer son repas et qu'il a fait une chute en glissant sur un galet ou du goémon et que la mer l'a emporté loin du rivage. Et comme il ne sait pas nager et que personne n'a entendu ses appels à l'aide, le coin étant désert à cette heure, il s'est vite noyé et son corps a coulé à pic dans l'eau noire et profonde.

– Ou alors, a-t-elle renchéri, le regard errant au loin, un camion roulant à vive allure l'a heurté de plein fouet et projeté illico dans un champ de cannes, sans que personne y trouve à redire. Il n'est peut-être que blessé après tout, jambes et mâchoire fracturées qui l'empêchent de bouger et d'appeler au secours, au secours.

– Ou mort sur le coup, a bafouillé Raffa en grimaçant de peine, et il s'est imaginé la scène avec des vautours qui s'en donnent à cœur joie.

Ça donne des frissons, a-t-elle murmuré d'une voix blanche, et le téléphone qui ne sonne toujours pas. Un instant elle a gardé le silence, puis soudain a relevé la tête, ses yeux ressemblaient à ceux d'une bête traquée, sombres et perplexes, et elle a ajouté en prenant une nouvelle intonation que c'est tout de même étrange, jamais il ne me parle de ses projets, s'il a des rêves pour les enfants, pour moi et pour lui-même, et je me demande s'il croit à quelque chose, par exemple à une vie après le magasin, et ni de son enfance d'ailleurs, et tout ce que je sais de sa mère, c'est qu'elle est morte quand il avait à peine dix ans. Bien sûr que je compatis, et je me dis pauvre petit chaque matin que je le vois prendre son petit déjeuner en silence et elle en photo qui ne cesse de le couver des yeux, parce que j'imagine que ça a dû drôlement le secouer.

À moi non plus, a dit Raffa, il n'en parlait pas, ni de l'avenir ni de son passé. L'avenir de toute façon, ce n'était pas son truc, a-t-il ajouté après s'être rappelé qu'un soir il lui avait demandé comment il voyait la ville dans cinq, dix ans, parce que Flacq ne cessait de s'étendre en grignotant les bois et les champs qui la séparaient de la mer dans le Sud-Est et ailleurs des villages qui autrefois leur paraissaient si loin à bicyclette et d'autres dont ils ne soupçonnaient même pas l'existence, sans parler de la hardiesse de nos jeunes et du déclin des mœurs féodales, malgré les condamnations aux ténèbres de l'enfer de nos religieux. Mais Anil avait répondu rien d'un ton détaché, et alors que Raffa pensait en vrac, sans hiérarchie, aux décolletés profonds et aux jupes fendues jusqu'aux hanches qui prospéraient chez les collégiennes quand le week-end elles délaissaient l'uniforme de l'école, aux arbres abattus et aux cannes arrachées pour bâtir des villas de luxe ou des camps de laboureurs désœuvrés, partis en préretraite avec sept perches d'une terre pierreuse, cinq livres de riz, dix de farine et trois poules pondeuses, il s'était remis d'une voix cassée à parler de ses soucis qui l'empêchaient d'avoir de vraies nuits. C'est sûr qu'il vivait au jour le jour en se contentant de ce qu'il avait, a-t-il voulu dire à Mirna, à savoir une femme, une fille et un garçon, une maison où il comptait mourir, et si possible dans son lit ou à la cuisine en contemplant une dernière fois la photographie de sa mère, une voiture pour les sorties du dimanche après-midi, un magasin et pas mal d'argent, mais lui manquaient les demi-mots pour voiler sa déception devant le manque d'enthousiasme pour la prospective.

Puis fronçant les sourcils, il a fixé le ciel au-dessus des toits et s'est demandé de quoi Anil avait bien pu lui parler durant toutes ces années, qui du coup se sont mises à défiler à rebours dans sa tête. Il a eu beau chercher, il ne s'est souvenu que de deux choses, entraînant chacune un léger trouble respiratoire qu'il a tenté de masquer par un toussotement langoureux, et c'était à deux moments différents mais sur la même plage et le soir en buvant de la bière tiède. La dernière fois, c'était le travail qui lui pesait. La raison précise lui échappant, Raffa a hésité entre les vendeuses qui piquaient dans la réserve, des clients qui lui devaient de l'argent, et ça le mettait davantage en rogne quand c'étaient des proches, ou un fournisseur qui tardait à livrer la marchandise, en tout cas ce soir-là il avait dit d'un ton moqueur qu'ils n'avaient qu'à travailler plus s'ils voulaient une voiture et une maison à eux, il parlait des intermittents du spectacle dans les hôtels, qui avaient manifesté la veille dans les rues de la ville et fait fuir ses clients. Raffa était resté silencieux, il n'aimait pas qu'on juge quelqu'un par sa caste, d'autant que les intermittents étaient méprisés par les bien-pensants parce que tout bonnement ils avaient la peau foncée et les cheveux crépus, et Anil avait d'un coup baissé dans son estime.

Quant à la première fois, vieille d'une décennie ou deux, Anil lui avait confié qu'il était avec la même putain durant les deux semaines qu'il sillonnait Bombay pour ses commandes de fin d'année, et ils faisaient tant de choses ensemble, comme mari et femme. L'idylle avait duré une dizaine d'années, jusqu'au jour où il avait appris l'existence du sida. C'était un choc, et il n'est plus retourné en Inde depuis, il passait par le père de Rakesh pour ses commandes, et il ne couchait avec aucune autre que sa femme, de peur de lui transmettre ensuite la maladie, ce qui serait injuste, avait-il martelé, elle était si innocente. Raffa n'avait pu s'empêcher de pouffer de rire, il connaissait la chanson, qui lui rappelait la complainte du marin repu et assagi.

Faut dire que le passé non plus, c'était pas son truc. Une seule fois, a continué Raffa mais en baissant le ton, et d'un bond Mirna s'est rapprochée de lui pour recevoir la confidence, comme la bénédiction qu'elle aurait tout fait pour mériter, il m'a parlé de son enfance, c'était quelques semaines après la mort de ma mère, et il était tout sourire en me racontant comment elle l'appelait et lui donnait un gâteau quand il rentrait chez lui après l'école et passait devant notre boutique. Et bien des années après, à chaque fois qu'il la croisait, il lui parlait des gâteaux qui avaient disparu de nos vitrines, et concluait sans fouiller dans sa mémoire qu'il y a des douceurs qu'on n'oublie pas. Tout ça, je l'ignorais, c'était entre eux, leur secret.

Mirna a dit qu'elle comprenait leur secret, elle-même en partageait au moins un avec certaines personnes qu'elle côtoyait, surtout des clients du magasin qui te bassinent avec leurs petits soucis pour que tu les aimes et leur trouves des qualités après les avoir consolés, et elle s'est rassise en aspirant de grandes bouffées d'air : pourvu qu'il soit vivant, rien que pour les enfants.

Le regard figé, il pouvait faire ça sans ciller toute une soirée, Raffa se disait qu'il comprenait qu'Anil garde le silence sur son enfance, il ne veut surtout pas se farcir d'anciens souvenirs qui te pourrissent la vie. Et il a longuement réfléchi à des moyens pour échapper à ce passé qui vibre encore sous les cendres. Et après tout ça, pouvait-il conclure d'un sourire d'enfant, si tu n'y arrives toujours pas, c'est que ton passé est plus fort que toi, t'es donc qu'une branche morte.

– Et Rakesh, a-t-il demandé pour se détendre parce qu'il flairait un début de migraine et que sans tarder il devait mettre ses idées en veilleuse, il en pense quoi ?

– Du passé ou de son avenir ? a-t-elle fait en lui lançant un drôle d'œil.

– Mais de la disparition de ton mari, a-t-il précisé avec un sourire mi-gêné, mi-moqueur, c'est quand même le dernier à l'avoir vu.

– Celui-là, il n'a jamais pensé qu'à bouffer et à baiser, et depuis qu'il est retourné au pays, à ouvrir un magasin dans chaque district. Ça ne m'étonnerait pas qu'il ait tenté d'enrôler Anil dans sa conquête de l'île.

Elle a tortillé des hanches pour rajuster sa jupe, puis ramenant les bras sur sa poitrine, elle a bredouillé que surtout il ne dise à personne qu'il l'avait vue à moitié nue, sinon ça ferait jaser, et que c'était pas le moment d'ajouter au malheur la rumeur.

Bien entendu, a acquiescé Raffa d'un signe de tête. Surtout pas qu'elle s'en fasse, il savait combien ça coulerait une femme si on divulguait cette sorte de secrets. Sa bouche bée et son regard en biais lui ont fait boutonner son chemisier, et tandis qu'elle répétait à mi-voix pourvu qu'il soit vivant, c'est tout ce que je demande, le rouge lui a sauté à la figure, puis couvert le cou, il l'imaginait gagner sa poitrine, son ventre et ses hanches.

À sa voix dans le noir, Raffa associait les traits et les expressions de Salma, une jeune fille qu'il venait d'embaucher après deux mois d'essai, et c'était seulement quand il se rapprochait d'elle et tendait l'oreille qu'il reconnaissait l'haleine de Mirna. Parfois il ignorait sans détour ni regret le fond de ses propos, car ne comptait que le débit, et pourtant il la comprenait, surtout quand il pensait à Salma, à ses traits tirés, son teint brouillé et ses cheveux en bataille, à son air étonné quand il lui demandait de défaire une couture et de tout recommencer, à sa voix cassée et son nez qu'elle remuait, supposait-il, pour qu'il ne coule pas, à ses yeux aussi tristes et beaux que son sourire à peine esquissé, et alors il acquiesçait ou en rajoutait par jeu, tout en louant sa faconde et les réverbères grillés.

Salma lui est sortie de la tête quand au dernier moment Mirna a bifurqué et pris un raccourci qui leur ferait gagner dix mètres à tout casser, a-t-il calculé en grognant, pas un de plus, et pour un sentier rocailleux où l'on pouvait se faire une entorse ou se casser la figure, puis ils ont suivi une allée couverte d'ombres qui pour elle ressemblait à une scène de crime, elle y distinguait des yeux exorbités et des membres disloqués, des gueules ratatinées et un crâne ou deux en bouillie, avant de tourner dans une ruelle où les maisons entourées de murs évoquaient à Raffa des forteresses sans vie. Et les seuls bruits qu'on entendait si l'on y prêtait une oreille attentive venaient des bêtes : des rats en train de ronger, des bruissements d'ailes de cafards volants, des chats qui lapaient et d'autres qui miaulaient, ou étaient-ce, se demandait-elle, des taupes qui couinaient sous les cadavres ?

Ça lui a rappelé la nuit où l'odeur de leur maison fraîchement repeinte les suffoquant, malgré les portes et les fenêtres ouvertes, ils avaient dû descendre un lit de camp dans le garage au sous-sol, c'était la seule pièce qui n'avait pas été peinte, et les bruits qu'elle entendait pour la première fois, qui faisaient un vrai raffut de cimetière, lui avaient donné la frousse de sa vie, et elle avait dû rallumer la lampe et rester éveillée jusqu'au petit matin, rien que pour voir venir les fantômes. Anil l'avait pourtant prévenue avant de se rendormir que se coucher les yeux ouverts, c'est comme attendre une promesse qui ne viendra pas.

– Même pas la peine de te demander s'il a une maîtresse avec qui il passe la nuit, a murmuré Mirna, tu diras non à tous les coups.

Raffa lui a assuré qu'il n'avait aucune idée où il se trouvait, s'il le savait il le dirait sans hésiter, et désormais il en était sûr, on lui rebattrait les oreilles des maîtresses d'Anil, quitte à fabuler pour mieux soutenir la conversation. On répéterait autant quel honnête homme c'était, on ne lui connaissait aucun vice, et la dernière fois que je l'ai vu, c'était dimanche dernier au marché, il m'a demandé des nouvelles de mon fils parti en Australie, moi avant-hier à la terrasse d'un café, il m'a offert un verre pour fêter ma promotion, et les beaux jours qui remontaient à l'enfance se relaieraient sans relâche pour se refaire une jeunesse.

Trop de pensées contraires et trop d'images de lui qui dans sa tête déboulaient à la vitesse de l'éclair, et tant de paroles ressassées qui y résonnaient avec des voix changeantes, et rien qu'en se demandant s'il était en train de la tromper. Après tout, il fait ce qu'il veut, a-t-elle consenti quand elle s'est rappelé que ce qui l'inquiétait au fond, ce n'était pas qu'il ait une maîtresse ou deux et qu'il ait pu mentir tout ce temps et avec quel aplomb, mais comment elle réagirait si par contre on lui apprenait qu'il est bel et bien mort. Les enfants n'auront plus de père et elle sera seule au réveil, seule le soir à regarder un film à la télé, et que faire de la nuit ? Et du magasin et des vendeuses ? Voulant à tout prix se ressaisir, elle a étiré ses bras et fait craquer son cou comme un athlète avant la course. D'abord le retrouver vivant et bien portant, plus tard le punir comme il faut pour l'avoir trompée, parce que s'il croit que je suis dupe et que je ne sais pas, et la voilà qui repartait au galop dans le labyrinthe de ses réflexions. Pour y couper court et au plus vite, elle s'est tournée vers Raffa et lui a demandé d'un ton qui aimerait passer à autre chose de tout lui dire de ses nouveaux clients qui devaient se bousculer dans son atelier depuis qu'on a parlé de lui dans un magazine.

Le visage crispé et les mains enfouies dans les poches de son pantalon, Raffa traînait les pieds en regardant le plus souvent en l'air, vers le ciel qui était d'un gris souris et la cime des arbres d'une noirceur vague, car lui aussi se posait des questions sur la disparition d'Anil, oscillant sans raison ni plaisir entre la querelle d'amoureux et le crime crapuleux. Et si on ne le revoyait plus parce qu'il avait quitté le pays ou qu'il était mort pour de bon, quels souvenirs il garderait de lui, se demandait-il quand Mirna lui a parlé de l'article. Baissant les yeux pour dissimuler un sourire radieux, il s'est rappelé la fierté de ses employés et le ravissement de son père qui avait offert un magazine à chacun d'eux. Et il a répondu que pas tant que ça, une dizaine depuis, mais ça lui a quand même permis d'embaucher quelqu'un. Et avant qu'elle ne lui demande si elle connaissait cette personne, il a précisé que c'était une jeune fille d'à peine vingt ans, mais qu'est-ce qu'elle est douée, en plus elle part toujours la dernière de l'atelier. Elle est maigre si tu veux tout savoir, mais avec des joues rondes et une forte poitrine, c'est ce qui saute aux yeux la première fois qu'on la voit.

– Trop jeune pour toi, a dit sèchement Mirna qui malgré la pénombre a dû remarquer la mine enjouée de Raffa. Tu finiras par ressembler à Rakesh.

Il ne lui a pas répondu, à quoi bon engager cette discussion en pareille circonstance et d'où à l'évidence ne jaillirait aucune lumière, mais quand même, s'est-il dit en serrant les dents, je ne pense pas qu'à baiser et à ouvrir avec quel argent je me le demande un magasin à chaque coin de rue. N'empêche qu'il ne dirait pas non à une aventure avec Salma, elle a l'âge de faire ce qu'elle veut.

– Et la fédération des tailleurs, a-t-elle demandé, tu y es toujours ? C'est quoi déjà ? Président ?

Il en a été le secrétaire, élu à l'unanimité parce qu'il excellait en orthographe, les nombreuses notes qu'il a adressées aux membres de la fédération l'attestent, aucune faute et des accents même sur les lettres majuscules, mais ça fait des années qu'il a démissionné, c'est vrai qu'aucun magazine n'en a parlé.

Il s'en est rendu compte peu après son élection, qu'il n'est pas fait pour des assemblées où les uns se jettent sur les autres pour réclamer leur part de bourses et de voyages à l'étranger, il ne pensait pas que ça pouvait encore exister. À désespérer, qu'il leur a lancé le jour de sa démission, toujours les mêmes qui partent, et il est sorti de la salle en secouant ostensiblement la tête avec dépit. Il a failli éclater de rire après avoir refermé la porte, sa moue dégoûtée à l'excès lui a rappelé Prem Chopra, un illustre chef de gang du cinéma indien de son enfance. Et s'il n'a pas pouffé, c'est qu'au même moment ou presque il s'est rappelé qu'à l'époque on ne disait pas gangster mais contre, et quand par bonheur on pouvait glisser chef contre dans une conversation, c'était toujours avec la voix et la moue de Prem Chopra. Quant aux mêmes qui partent, ils s'empressent dès leur retour de donner une conférence pour faire profiter aux autres de leur périple, et c'est sans arrêt des c'est pas croyable, tant de contrées sillonnées et acclamés dans chacune par leurs pairs qui s'habillent à la dernière mode, et on finit par les imaginer sur un char comme César rentrant à Rome après une victoire éclatante sur des barbares.

Et le dimanche suivant sa démission, quand entendant au réveil la pluie tambouriner contre la vitre il s'est mis à la fenêtre pour s'étirer et contempler la plage, le sentier qui y menait et les champs d'oignons qu'il trouvait encore plus beaux parce que désertés, il s'est rendu compte que son bonheur à lui c'était justement loin des autres. Ce qui ne l'empêchait pas d'avoir une maîtresse qu'il voyait un week-end sur deux, d'être agréable avec ses clients et ses employés, de rendre fréquemment visite à son père et d'échanger des propos des plus banals mais combien affectueux sur le foot, de sourire aux gens qu'il ne connaissait pas et d'en saluer à la banque ou au supermarché, d'écouter avec bienveillance les griefs de certains voisins qu'il croisait dans la rue, mais pas longtemps et jamais jusqu'à la confidence, sinon après ils veulent savoir ce que tu penses des personnes incriminées et des choses sur toi qui ne les regardent pas.

Parfois pour se débarrasser de l'intrus qui rabâcherait d'où il venait, où il allait et quelle était sa vision d'ensemble, il se dépêchait de reprendre la main et, sans laisser à l'autre le temps de se retourner, de l'embringuer dans une histoire inventée de toutes pièces avant de clore subitement le débat. Pas plus tard que cet après-midi, il a fait mine de sonder le ciel et d'une voix de fausset a prédit à un cousin de son père que le temps se gâterait plus vite qu'on ne le pensait, qu'il devait donc sans délai rentrer chez lui pour verrouiller la fenêtre de toit.

Pourtant dans sa tête et pas seulement quand il marchait dans les rues, il ne pouvait se défendre de dialoguer avec toutes sortes de gens, même avec des morts, mais jamais du temps, il devrait essayer pour rire, et souvent il s'emportait quand il les trouvait mesquins, tout en veillant en public à maintenir impassible son visage et à contenir ses gestes, on le prendrait pour un débile si on le voyait au beau milieu d'un passage clouté taper du pied ou serrer les poings et la mâchoire, mais quelle chierie pour y arriver !

Mirna s'est arrêtée au bord de la route Royale dans une trombe de lumière qui la blanchissait et la grossissait. La bouche grande ouverte, elle a bougé lentement la tête pour suivre deux hommes qui tremblaient comme des papillons de nuit sur une mobylette. Ils étaient habillés pareil : chemise et chaussettes blanches ; pantalon, gilet et souliers noirs. Le conducteur portait en bandoulière un violon dans sa housse kaki, l'autre, qui s'est retourné pour fixer Mirna avec des yeux éperdus, une guitare. Elle a fait triste mine quand ils ont disparu derrière un virage et la façade décrépite d'une épicerie de quartier, elle aussi aimerait rentrer à la maison, et elle a cherché Raffa qui avait déjà traversé la place. Assis sur une borne, il se frottait le cou en l'attendant pour longer ensemble le vieux parc et sa file d'arbres morts, pour éviter les débris de la fête aux abords d'un quai malfamé où l'on parle avec de grands gestes de petits et de gros sous et s'arrêter pile mais sans entrain devant la guérite décolorée du poste de police.

C'était une pièce aux murs nus qui sentait la sueur, l'alcool et le tabac. Un plancher inégal, moucheté d'encre et de fange, trois chaises en métal, dont deux basses et pliantes, une table tailladée sûrement pour intimider les récalcitrants et sous une étagère en contreplaqué où pendouillait un ciré de marin, un fauteuil encombré de journaux et de dossiers. Une lampe vissée à la table éclairait un épais registre que feuilletait l'inspecteur par-dessus ses verres teintés. Quant au sergent, il a tourné en rond et en silence autour du fauteuil avant de s'asseoir sur le rebord de la fenêtre pour noter l'heure, le jour et les protagonistes sur son carnet.

– Si je vous comprends bien, Madame Ramloll, a dit l'inspecteur d'un ton sévère, votre mari a quitté son magasin aujourd'hui à midi en compagnie d'un dénommé Rakesh Mehta pour aller déjeuner pas loin et pour pas longtemps, mais l'ennui c'est qu'on ne l'a plus revu. C'est bien ça, Madame Ramloll ?

– Je le confirme, a répondu Mirna. Et comme je l'ai déjà dit à votre collègue, et elle a désigné du menton le sergent qui n'a pas levé les yeux de son carnet, c'est la première fois que ça lui arrive, il a donc dû se passer quelque chose.

– Et c'est vous Rakesh Mehta ? a demandé l'inspecteur en fixant Raffa avec des yeux qu'il devinait petits et cruels.

– Lui c'est un ami de la famille, a précisé le sergent.

– Et vous avez quelque chose à dire sur la disparition de votre ami ?

– Pas plus que vous, a répondu Raffa, je ne fais qu'accompagner Madame Ramloll, mais je voudrais bien rester et aider si possible.

L'inspecteur a fermé le registre et éteint la lampe, puis tout d'un bloc s'est tourné vers Mirna pour lui demander si son mari avait dit ou fait quelque chose d'inhabituel ces derniers temps.

– Dites-nous tout ce que vous savez, a insisté le sergent, même si pour vous ça n'a aucun rapport avec sa disparition. Des détails insignifiants éclairent parfois des conduites obscures.

– Partez de ce matin par exemple, ce sera plus facile, et commencez au moment où vous vous êtes réveillés, ensuite nous verrons comment le retrouver, votre mari.

Baissant la tête pour réfléchir, Mirna s'est dit qu'elle ne va quand même pas tout leur raconter, il y a des choses qui ne concernent personne d'autre que son mari et elle, est-ce qu'elle leur demande s'ils se font lécher leur crasse par leur bonne femme ? Il a bâillé d'ennui ou de fatigue au petit déjeuner, ça elle peut leur dire, et a répété qu'il pourrait dormir jusqu'à midi. Elle a oublié ce qu'elle en avait pensé sur le coup, sans doute qu'il n'avait que l'envie de se recoucher, ce qu'elle avait sûrement mal pris. C'est pour les enfants, qu'il a dit, mais c'était pas la première fois, qu'il continue à travailler, pour qu'un jour ils partent étudier à l'étranger et qu'ils y restent si ça leur chante, lui il vend le magasin et se dore au soleil pour le restant de ses jours. C'est drôle maintenant qu'elle y pense : pourquoi il aurait tant aimé dormir jusqu'à midi, justement à l'heure où elle le relaie à la caisse ? Assurément ça le barbait jusqu'au trognon d'ouvrir le magasin et d'y passer la matinée. Ou était-ce en lien avec Rakesh et le déjeuner ?

– Midi, en a conclu le sergent, est le point de départ de l'affaire, peut-être même la clef, et il a écrit le mot sur son carnet en pensant à l'expression de sa grand-mère lorsqu'il faisait la grasse matinée le dimanche, à savoir que c'est foutu quand c'est midi, et il l'a également notée mais en abrégé.

Ils en ont parlé tous les trois comme d'un code secret, en baissant la voix et en se faisant une tête de marionnette. Pas Raffa qui, ne comprenant rien à tous ces midis qui se tamponnaient et qu'ils tentaient en vain de démêler, a passé en revue les deux policiers. L'uniforme de l'inspecteur était froissé et déboutonné, celui du sergent râpé aux manches, mais ils étaient tous deux rasés de près et bien coiffés, la double raie portée à droite par le sergent était particulièrement recherchée.

– Et sommeil ! s'est écrié l'inspecteur. Écris-le aussi sur ton carnet, on ne sait jamais où ça peut mener, l'insomnie.

Puis ils ont à tour de rôle posé à Mirna des questions sur les habitudes de son mari, sur ses vices si par mégarde il en avait, s'il pariait aux courses ou fréquentait les casinos, s'il avait des dettes de jeu et pourquoi pas des ennemis ou des maîtresses. A-t-elle remarqué quelque chose d'anormal chez lui tout dernièrement ? Un nouveau parfum, une nouvelle coupe ? Rentrait-il tard le soir ? Et le dimanche le passiez-vous ensemble ? En un mot, était-il stressé, fatigué, déprimé pour une raison quelconque ou tout marchait comme sur des roulettes ?

– Au fait, a demandé le sergent d'une voix cassée qui semblait sortir d'un rêve, vous n'auriez pas une photo de lui qui soit récente et qu'on pourrait garder ?

– Au cas où on le croiserait dans la rue, a précisé l'inspecteur après s'être étiré comme s'il s'éveillait, ou si on devait identifier un corps à la morgue.

Quel besoin avait-il de parler de cadavre, s'est demandé Raffa, et pourquoi sur le ton de la farce ? Il a fermé les yeux en cachette pour retrouver son sang-froid, il pouvait toutefois sentir le désarroi de Mirna qui, mordillant ses lèvres pour étouffer un sanglot, a sorti une photo d'un sac en tissu posé sur ses genoux. Elle l'avait décollée peu après sa douche du dernier album qui datait quand même de plusieurs années, elle se doutait bien qu'on lui demanderait de quoi Anil avait l'air, et du bord de la chaise l'a tendue au sergent avec des yeux qui inspiraient autant de compassion que ceux de son mari. Sans la regarder, sans doute par déférence, il l'a remise à l'inspecteur qui, la fixant avec un semblant d'allant, a trouvé que c'était un bel homme qu'un rien devait habiller. Et il a voulu savoir s'il avait physiquement changé et quels vêtements il portait à midi, ça aiderait à mieux le pister.

Mirna a dit qu'il était coiffé comme sur la photo, avec une raie soignée au milieu, et qu'avant de quitter la maison il s'assurait qu'il était rasé de près, sauf le dimanche et les jours fériés. Il portait au cou une chaîne en or jaune et massif avec un médaillon qui renfermait sûrement le portrait de sa mère, elle n'en savait rien à vrai dire, elle aurait dû lui demander, une chemise crème à fines rayures beiges, une alliance en argent plaqué d'or rouge au majeur de la main gauche depuis pas mal d'années, parce que son annulaire avait maigri, mais pas son ventre qui avait plutôt enflé, à force, supposait-elle, de grignoter des pistaches et de rester assis toute la journée ou presque derrière sa caisse, et un pantalon de lin paille qui tirait sur le blanc au soleil et qu'elle lui avait offert en mars pour son anniversaire, et c'était la première fois qu'il le portait. Quant aux chaussures, elles étaient bien de couleur marron clair, mais elle ne se rappelait plus si c'était le modèle avec ou sans lacet.

Faut noter ça aussi, s'est réjoui le sergent de sa trouvaille, un pantalon neuf, ça peut vous donner des idées et modifier vos projets, et il s'en est voulu d'y avoir pensé après avoir rangé son carnet, c'était précisément quand l'inspecteur s'était levé pour annoncer à Mirna que c'était tout pour aujourd'hui, mais qu'elle s'en fasse surtout pas, on l'appellerait au plus vite pour l'informer du déroulement de l'enquête et de son dénouement. Bien sûr qu'il pouvait à tout moment le ressortir de sa poche, mais ça ferait non seulement amateur mais mauvais genre, il attendrait donc d'être seul pour noter sa trouvaille, d'ici là il s'exercerait à s'en souvenir, il en avait l'habitude dans ce métier.

Ce ne sont que des promesses en l'air, s'est dit Raffa en les saluant d'un geste nonchalant de la main. Ils parlent fort en faisant de grands moulinets, mais ne lèveront pas le petit doigt pour retrouver Anil. Pour la bonne raison qu'ils estiment n'avoir rien à espérer d'un marchand dc tissus qu'ils ne connaissent même pas. Seule une coquette prime pourrait les motiver à se mettre au travail, mais qu'ils n'y comptent surtout pas avec Mirna, encore moins sur une avance.

Elle aussi savait que c'était une perte de temps, il lui suffisait d'écouter les doléances à la radio. La meilleure qu'elle ait jamais entendue, c'était en début d'année d'une grand-mère victime d'un cambriolage. Quand au réveil elle s'en est rendu compte, elle a immédiatement téléphoné à la police. L'officier qui était de garde lui a demandé l'identité du voleur. Mais elle n'en savait rien, elle dormait comme chaque nuit à poings fermés. Alors on ne peut rien pour vous, qu'il a martelé à la grand-mère dure d'oreille, et pas la peine de venir au poste avant de l'avoir trouvé, et il lui a raccroché au nez.

– Jamais là où on a besoin d'eux, a marmonné Raffa, à peine la porte refermée, trop occupés à quadriller les quartiers huppés.

– Tout ça je le sais, lui a glissé Mirna à l'oreille, mais il fallait signer cette déposition. C'est la preuve formelle de sa disparition, et si par malheur il ne revenait plus, qu'on ne me dise pas à la banque ou aux assurances qu'il n'a jamais existé.

Le père, le frère aîné et l'oncle d'Anil étaient accotés à un mur de pierres sèches qui bordait un terrain vague où l'on nourrissait autrefois des cochons. Vinod avait le visage sillonné de rides, une crinière argentée qui luirait dans les ténèbres et le profil d'un homme qui s'est esquinté au travail. Balram aussi avait le dos courbé, mais lui c'était sous le poids de l'ennui et de l'inaction. Sinon il avait les mêmes traits que son père, les mêmes goûts culinaires et toujours ce regard mélancolique qui vous gâche la fête, et lui non plus ne dirait pas un mot avant d'avoir vu Mirna. En attendant, il taquinait sa barbe naissante en tordant la bouche dans une grimace de refus. Perdu dans ses pensées ou peut-être somnolait-il par à-coups, Vimal se frottait machinalement le dos contre une saillie en clignant les paupières à intervalles rapprochés.

Au second rang, de l'autre côté du mur, des parents éloignés d'Anil étaient assis sur des rochers qui encerclaient un manguier et surplombaient la rue. Amal se grattait, surtout les aisselles, comme on gratterait du violon, en faisant le plus de bruit possible, exprès pour emmerder son cousin Toum avec qui il était à couteaux tirés depuis le collège. Vikram regardait sa montre en se demandant si sa femme qui était grippée avait pu trouver le sommeil lorsque Madev s'est levé d'un bond pour s'écrier : les voilà qui arrivent !

Mirna était toute surprise de voir la petite troupe avancer vers elle, pas Raffa qui n'a jamais sous-estimé le train auquel s'ébruitent les mauvaises nouvelles, et elle s'est décontenancée quand elle a reconnu la crinière de son beau-père. Elle allait l'embrasser et le serrer des deux bras, peut-être même le rassurer en lui confiant que plein de choses et non des moindres étaient déjà sous contrôle, mais prise de panique lorsque Raffa s'est écarté d'elle pour faire de la place aux retrouvailles familiales, elle a rougi et pleuré en silence. Puis elle a sorti un mouchoir de son sac et a demandé pardon en s'essuyant les yeux.

– Mais qu'est-ce qui s'est donc passé ? lui a demandé Vinod dès que les autres se sont rapprochés d'elle en serrant les rangs et en prêtant une oreille attentive qui pouvait distinguer au loin un soupir d'un rire étouffé.

Seul Raffa n'écoutait pas, il a dévisagé Balram qui a opiné de la casquette d'un air entendu, il voyait bien ce que c'était, toute une matinée à lire le journal, ensuite Vimal qui s'est pincé les lèvres pour réprimer un bâillement, et Toum qui plissait le front ou essayait de le caler dans sa paume parce qu'il n'avait rien compris. Et quand Mirna, se demandant combien de fois encore elle devrait raconter la même histoire, en a conclu que son mari s'était volatilisé comme par magie, les mains de Madev ont battu l'air comme des ailes de corbeau, mais il n'a pas osé l'applaudir.

– Et maintenant on fait quoi pour le retrouver ? a demandé Vinod en se tournant vers son fils, mais c'est Vimal qui a répondu qu'on n'a qu'à organiser une battue comme dans notre enfance, tu t'en rappelles ?

– Mais il fait noir, a protesté Madev, et la ville est immense. Par où tu commencerais ?

– Et on est si peu, s'est plaint Vikram, si encore il y avait les cousins des beaux quartiers... Et pourquoi ne pas attendre demain matin, qu'il fasse jour et qu'on soit plus nombreux ?

– Et on pourrait en attendant, a proposé Vinod en roulant des yeux de farceur de film muet, improviser un pique-nique sur la plage, j'y fournirai la nappe et le whisky et on chantera tous en chœur des alléluias, ou alors un barbecue dans mon joli petit jardin si vous préférez vous abriter du vent. Pendant qu'un des nôtres souffre et appelle à l'aide parce qu'il a foi en sa famille.

– Ça ne sert à rien de s'énerver, a expliqué Vimal de sa voix la plus caressante, les querelles de personnes ne feront pas revenir Anil. Et d'ailleurs on n'a qu'à limiter nos recherches aux abords du Tom Pouce, c'est bien là qu'il a été vu pour la dernière fois.

– On lui doit au moins ça, a acquiescé Balram. Et pour gagner du temps l'on pourrait se séparer en deux groupes, l'un remonterait la plage jusqu'à la pointe de Bacquois, l'autre la descendrait jusqu'au débarcadère. Et l'on se retrouve devant le restaurant disons dans deux heures pour faire le point.

– Allons-y ! a lancé Vinod après avoir réglé leurs montres, et il a pivoté sur ses talons sans un regard pour sa belle-fille.

Les deux groupes se sont formés sans le moindre échange entre leurs membres. Le premier est parti en trombe dans la voiture de Vinod, tandis que Mirna, Balram et Raffa ont marché au côté de Toum et de Vikram qui roulaient à bicyclette en faisant des ronds sur du plat et en freinant avec les pieds dans les pentes raides pour ne pas éparpiller le groupe. Reprenant leur souffle devant le Tom Pouce, Vikram a remarqué en s'offusquant que la terrasse à l'étage dépassait visiblement la bordure du trottoir et Toum a contemplé les quatre lueurs pâles et tremblantes qui cheminaient en file indienne sur la grève ardoisée. Celle qui partait en reconnaissance a vacillé entre deux rochers et s'est éteinte à la croisée d'une sente herbue et d'une allée sablée.

– Toujours avec les piles de ton enfance ? s'est moqué Madev en réglant l'intensité lumineuse de sa lampe torche pour lui indiquer comme points de repère la tour de guet à l'ouest, l'ancienne gare routière à l'orée de la sapinière et la mer derrière eux.

– Ça fait si longtemps que je ne m'en suis pas servi, s'est excusé Vimal, si longtemps que je n'ai pas été sur une plage la nuit.

Tout en fouillant du regard les ronces et les talus qui bordaient la plage, ils ont parlé avec parfois des gestes expressifs de la pêche aux crabes à marée basse et de celle aux calamars par un beau clair de lune. Vimal s'est ensuite attardé sur les lois de la nature qui témoignent sans cesse de sa bienfaisance, et lorsque Madev lui a demandé par défi des éclaircissements sur les vices contre nature qui prospèrent, Amal leur a crié à tue-tête : mais venez donc voir !

Les trois lampes étaient à présent braquées sur un cabas en paille tressée qui gisait sur un talus herbeux. Ils l'ont regardé comme une curiosité en se demandant ce qu'il pouvait bien renfermer, mais seul Amal s'en est approché, présumant qu'il appartenait à Anil.

– Mais non, a protesté Vinod, c'est au restaurant qu'il est allé, pas à la boutique pour des courses qu'il ne fait jamais. Mais ouvre quand même, peut-être appartient-il à son agresseur.

Amal a longuement palpé le cabas avant de l'ouvrir, il en ignorait la raison mais soutiendrait sans tiquer qu'il ne faisait qu'imiter un limier des plus notoires qui avait marqué son enfance, en tout cas ce n'était pas par crainte d'une bombe à retardement qui s'y trouverait, comme l'avait insinué ce trouillard de Madev qui était resté à l'écart du talus. Il en a sorti du fil de nylon rembobiné à la va-vite, un filet de poche et un jeu de bouchons, un massepain dans un cornet, deux grosses piles de fabrication chinoise qui dataient, selon Vimal, du règne de Mao et un hameçon à deux crochets qu'il a délicatement posés sur l'herbe.

– C'est des provisions de pêcheur, a déploré Madev qui avait avancé de plusieurs pas et joué des coudes pour les regarder de près, pas celles d'un...

– Chut ! l'a coupé vivement Amal. Quelqu'un qui respire avec gêne.

– Et qui ronfle comme un bébé, a précisé Vinod après s'être haussé sur la pointe des pieds pour tendre l'oreille et éclairer la pelouse qui s'étendait de l'autre côté du talus jusqu'à la bâtisse des gardes-pêche.

– Mais c'est Anil ! s'est réjoui Madev en apercevant un bras le long d'un corps qui leur tournait le dos.

– Anil ! a crié son père sur plus d'un ton en braquant sa lampe sur une tête qui reposait sur l'autre bras.

Tous se sont tus dans un sursaut de frayeur lorsqu'un colosse s'est retourné en s'agitant comme un diable dans l'excès de lumière, mais ses yeux pochés et bouffis d'alcool ne les ont pas lâchés jusqu'à ce qu'ils éteignent leurs lampes ou les braquent ailleurs.

– Quoi ? a-t-il pesté d'une voix bien nourrie. Je m'appelle Anil maintenant ?

– C'est Marley, a murmuré Amal, un videur occasionnel de la cité des Hibiscus.

– Dites Monsieur Marley, lui a demandé Vimal sur le ton de la conversation, vous n'auriez pas aperçu par hasard un homme d'environ quarante ans, de teint plutôt clair, bien coiffé et bien habillé, et qui a pour nom Anil Ramloll ? On le cherche depuis cet après-midi.

– Pour quoi faire ? a-t-il répondu en assommant des moucherons d'un revers de main, et avant de se retourner et de ronfler de plus belle, il les a priés de le laisser dormir pour l'amour de Dieu.

Vinod savait que les paroles de Marley n'étaient pas méchantes, même si elles l'ont piqué au vif, c'est pourquoi il a haussé les épaules en se bornant à un allez, on s'en va !

Rebroussant chemin par un raccourci, Madev a fait mine de regarder sa montre avant d'annoncer à Vimal qui râlait dans sa nuque sans pour autant se plaindre ni ralentir sa marche que c'était bientôt l'heure de se retrouver au point de ralliement. Puis il s'est demandé où en était l'autre équipe dans sa battue, s'ils avaient recueilli au moins un indice. Et en vain il a cherché par-delà les sentiers rocailleux qui mènent à la mer des lampes qui éclairent la grève et ses alentours. Sont-ils déjà devant le restaurant et bredouilles comme nous ?

Mirna a embrassé des joues et serré des mains, remerciant un à un ceux qui l'avaient raccompagnée, elle leur a même promis de ne jamais oublier la part qu'ils prenaient à son malheur, et pour réchauffer son cœur éprouvé a fait un bras d'honneur dès qu'ils avaient le dos tourné à sa voisine qui l'observait de sa fenêtre en décrivant sûrement la scène à son mari alité depuis des mois, elle n'avait cessé de remuer les lèvres et de pencher la tête légèrement de côté.

Elle a verrouillé la porte et tiré les rideaux du salon en traînant les pieds, mais à peine s'est-elle demandé ce qu'elle pourrait faire de la nuit qu'elle s'est précipitée vers la cuisine pour siroter de l'arak au goulot. Que c'était rasoir, toute cette battue sans une goutte d'alcool, s'est-elle rappelé en fermant les yeux à demi après une gorgée coulante, et qu'est-ce que ça vous retape, l'arak !

Pour rire, se défendait-elle la bouteille à la main, elle s'est baissée pour regarder sous la table et l'évier. Elle a ensuite tourné autour des meubles du salon en se voilant les yeux devant les photos de famille, et lorsqu'elle a arpenté la terrasse pour s'assurer qu'il n'y avait personne dans le jardin, même ses pas sont restés silencieux. Elle s'est toutefois refusée à fouiller le garage et à ouvrir les placards, faut quand même pas charrier, ce qui ne l'a pas empêchée en montant l'escalier de jeter par-dessus son épaule des coups d'œil dépités vers la porte d'entrée et de pousser celle de la salle de bains en répétant dans un accès de folle gaieté : mais où se cache donc Anil ?

Elle a posé la bouteille sous le lavabo après une dernière gorgée, s'est lavé les mains et le visage et s'est brossé les dents en s'évitant dans le miroir, elle n'avait aucune envie de revoir sa face de carême. Par contre, assise sur le bidet, elle a vite remarqué que son corps avait pris de l'embonpoint depuis la disparition de son mari. Elle a palpé les bourrelets à la taille et la rondeur soudaine de ses cuisses l'a fait rougir de confusion. Elle n'imaginait pas en contemplant sa poitrine qui débordait du soutien-gorge en le déformant que le stress post-traumatique pouvait vous transformer en si peu de temps.

Mais c'était le silence qui l'étouffait, pas ses formes. Ne lui parvenaient comme bruits que ceux du maigre filet d'eau qui coulait du robinet de la douche et du vieux frigo qui ronflait au loin. Aucune plainte ni pleur ni soupir, car personne pour ouvrir la bouche et pousser le cri du cœur. Rien que pour entendre une bande de jeunes caqueter gaiement dans le noir ou le traînard d'une fête patronale rire tout seul en poussant sa bicyclette, elle a quitté d'un bond son bidet, a ouvert la fenêtre et tendu l'oreille. Mais c'est la mer, talonnée par des odeurs de bois de rose et de fruits de Cythère, qui est entrée la première et elle sentait l'aigre.

S'asseyant sur le rebord, elle a regardé vers l'ancienne gare routière qui délimitait le quartier à l'ouest. Sous le réverbère qui vacillait, du verre brisé et des taches d'huile et de cambouis, et de l'autre côté de la route Royale, le fronton éclairé au néon de la mairie qu'elle entrevoyait à travers un jamerosier en fleurs. Et si on n'y a pas l'œil ni l'oreille, on ne remarquera pas dans le lointain la lueur pâle et mouvante qui clignote en haut d'un mât en rade et on n'entendra pas la brise de mer qui berce la clôture en fils de fer d'un parking payant. Mais nulle rumeur des vivants, se désolait-elle en claquant la fenêtre, même pas un bâillement qu'on réprime.

Pas un signe de toi depuis ce midi, qu'elle a dit tout bas en s'adossant à la fenêtre. Parfois je crains le pire à mesure que ton absence se prolonge, c'est comme si tu étais parti pour une de ces guerres qu'on voit à la télé. As-tu été blessé et capturé par l'ennemi ? Tu n'as qu'à me dire sur quel champ de bataille, et j'accours pour te délivrer et te soigner. Je ne vois rien d'autre que je puisse faire, sinon de t'assurer de tout mon amour où que tu te trouves et de prier le ciel qu'il te maintienne en vie. Et je t'en fais le serment, j'attendrai des années s'il le faut que tu me reviennes.

Baissant les yeux, elle s'est rincé la bouche et les mains, s'est essuyé délicatement les lèvres et a tapoté les tempes et le front avec la serviette roulée en boule. Puis elle s'est rassise sur le bidet, l'esprit en proie à l'incertitude. Mais même par le sortilège le plus malfaisant, a-t-elle continué avec une nuance de rancœur, on ne peut effacer d'un coup de baguette douze années de mariage et deux gosses qui ne savent rien pour l'instant, mais demain je leur dirai quoi et comment regarder Ashok qui te ressemble tellement ? Penses-y à tête reposée, et n'oublie pas le magasin qu'on a bâti ensemble et tout ce qui nous reste à accomplir.

C'est vrai, a-t-elle reconnu après s'être bouché le nez pour ne plus hoqueter, je t'ai lancé quelques piques gratuites ces derniers jours, mais nomme un seul couple de notre entourage qui s'en abstient, même les dieux les plus cools s'en envoient de temps à autre pour fuir la routine et ne pas mourir d'ennui. De toute façon, l'amour se moque des piques et du reste.

C'est en se levant qu'elle s'est rendu compte que son corps était engourdi. Elle avait les jambes raides et des courbatures jusque dans ses muscles faciaux. Et elle a dû s'accrocher au porte-serviettes et s'appuyer contre le mur pour ne pas tomber, puis racler les pieds pour éteindre la lumière et sortir de la salle de bains, mais après avoir poussé la porte de la chambre, elle a sauté comme un crapaud quand elle a cru apercevoir un corps étendu sur le sol dallé. Reprenant vite ses esprits, elle a allumé toutes les lumières et s'est rapprochée avec des éclats de rire nerveux du pardessus d'Anil qui s'était décroché de la patère.

Les coutures de sa jupe ont craqué lorsqu'elle s'est accroupie pour en fouiller les poches par acquit de conscience, elle savait d'avance qu'elle n'y trouverait aucun de ces signes qu'elle espérait d'Anil depuis sa disparition. D'ailleurs comme indices il n'y avait qu'un mouchoir poisseux et un ticket de caisse froissé qu'elle a dédaigné d'une moue rageuse de déchiffrer. D'autant plus qu'elle n'avait jamais imaginé combien triste pouvait être un pardessus négligé, il manquait deux boutons à chaque poignet qui était usé jusqu'à la corde, sans parler de la tache de graisse qu'elle a remarquée près du col quand il a plané au-dessus de la patère.

Elle a dû s'asseoir et prendre appui sur ses mains et ses pieds pour exercer une poussée, et c'est seulement quand elle a senti après s'être relevée qu'elle ne pouvait plus écarquiller les yeux et qu'au même moment les dalles de granit se sont mises à dériver comme des épaves sur une mer démontée qu'elle a compris qu'elle était complètement bourrée, et dire qu'elle était restée sur sa soif après la dernière gorgée. Les deux mains appuyées sur sa poitrine, elle a lâché quelques rots qui sentaient le rance, puis tâtonnant le long du mur pour retrouver son lit, des mots lui sont sortis de la gorge par surprise. Ça l'a à la fois amusée parce qu'elle les entendait pour la première fois et affolée, elle redoutait par-dessus tout de sombrer dans la démence. Qui s'occuperait alors des enfants ?

Elle a raté d'un bon mètre l'un des montants du lit et pourtant elle avait pris tout son temps avant de s'élancer pour évaluer la distance qui l'en séparait, et sa main a heurté le sol, sa tête frôlé la table de chevet. Elle a agrippé un pied et le cadre en bois, s'est hissée sur le lit et s'est retournée sur le dos dans un même mouvement de bascule. Elle est restée immobile un moment, à se reposer de ses efforts, puis elle s'est étirée comme quand on s'éveille et a imploré le ciel et la terre par des soupirs étouffés avant d'ouvrir les yeux. Qu'aussitôt elle a détournés en se recroquevillant, elle a cru que le plafond s'effondrait.

Penser qu'elle pourrait mourir cette nuit lui flanquait la trouille de sa vie, une syncope ou une attaque d'apoplexie est si vite arrivée, ce qui l'a poussée à ne pas éteindre les lumières et à garder les yeux ouverts, elle voulait rester consciente jusqu'à la fin, et pour se distraire elle s'est mise à contempler comme des reliques de son passé l'armoire qui ressemblait à une mer à l'envers, la commode à une pirogue au mouillage et les vêtements accrochés à la patère à des naufragés à bout de patience. C'était à l'évidence la peur de mourir qui lui brouillait la vue et l'esprit, et pour vérifier qu'elle ne perdait pas pour autant la mémoire ni ne confondait les dates et les époques, elle a confirmé sans hésiter que demain c'était samedi et que le magasin ouvrirait bien à neuf heures.

Essoufflée par toutes ces idées qui lui traversaient la tête en trombe et qu'elle ne pouvait plus contenir, elle a ouvert grande la bouche pour saisir le plus d'air, pas qu'elle perde pied maintenant que le plafond bougeait à peine. Ce qui laissait en elle de la colère et de l'angoisse, c'était pourquoi il lui avait fait ça et comment elle s'en sortirait sans lui, et ce lit qui ne rimait à rien parce que ce n'était plus qu'un lit. Et pourtant du fond de son âme, elle espérait secrètement qu'il ouvre la porte avec fracas, les bras chargés de cadeaux, du moins qu'il appelle pour s'excuser du retard, ce qui ne l'étonnerait pas tant que ça, il pouvait être farceur, Anil. Car toutes ces années à veiller l'un sur l'autre ne sauraient partir en fumée, et sa gorge s'est serrée et ses lèvres se sont mises à trembler, prêtes à pleurer. Le cœur battant, elle a juré en levant la main qu'elle ferait n'importe quoi pour qu'il lui revienne, et à l'instant même où elle s'est demandé quoi au juste, elle a succombé au sommeil.

Elle s'est réveillée en sursaut, sans doute au sortir d'un rêve agité, des gouttes de sueur perlaient sur son front fiévreux. Elle a pensé à Anil et à tout l'arak qu'elle avait descendu comme les deux causes d'un début de migraine, d'autant plus que ses yeux qui semblaient avoir gagné ses tempes étaient encerclés d'une épaisse couche de chassie, preuve qu'elle avait beaucoup pleuré dans son sommeil. Par contre, elle n'a pas compris, en étendant les bras et en s'étirant les jambes, geste qu'elle a ponctué d'un bâillement sonore, pourquoi sa main droite lui faisait autant mal, elle ne se souvenait d'aucune chute ni de coups échangés lors de la battue.

Et entre le moment où elle a regardé le réveil et celui où elle a quitté le lit, le ciel a changé trois fois de couleur, pas sa main qui a légèrement dégonflé, mais tirait toujours sur un violet foncé. Elle s'est éloignée de la fenêtre pour ôter sa jupe et son chemisier et vérifier avec minutie que son corps n'avait pas d'autre ecchymose, et pour la même raison elle a contemplé son visage dans le miroir de la salle de bains, malgré la tête qu'elle avait, cela faisait si longtemps qu'elle ne s'était pas vue.

Et elle est partie à la douche en sifflotant, certaine qu'elle saurait dissimuler n'importe quelle imperfection avec le quart des fards qu'elle avait en stock. L'ennui, bougonnait-elle en enlevant sa culotte et son soutien-gorge, c'était qu'elle n'avait aucune idée de comment s'habiller avec ce temps qui pouvait changer en un clin d'œil. Mais après s'être séché les cheveux, elle a eu beau jongler par toutes sortes de compositions avec le khôl, le rimmel et l'ombre à paupières, le blush, le fond de teint et le rouge, son regard est resté terne, ses lèvres gercées et ses joues flasques et livides. Seule sa main qu'elle avait badigeonnée d'une pommade à l'arnica a repris des couleurs. Alors elle s'est vêtue d'autorité d'une robe moulante et décolletée pour qu'on détache les yeux de son visage.

Elle a rangé la chambre, nettoyé la douche et versé sans regret l'arak dans le lavabo. Et pour enlever toute trace d'alcool, elle a rincé, essuyé et enveloppé dans du papier journal la bouteille qu'elle a jetée dans la poubelle de jardin, puis elle s'est posée à la cuisine pour manger du manioc bouilli qu'elle a trempé dans du lait tiède et sucré, et quand elle a levé le nez de son bol, elle a fait un clin d'œil à sa belle-mère qui avait elle aussi appris à souffrir.

Elle s'est demandé par quoi commencer et comment le dire, elle a même essayé de se rappeler, pour qu'elles lui servent de repères, les fois où elle avait dû annoncer une mauvaise nouvelle à quelqu'un qui ne s'y attendait pas et qui ne s'en remettrait pas tout à fait, mais elle n'en a trouvé aucune. Elle a bu d'un trait le lait grumeleux, et pour marquer davantage sa résolution s'est essuyé la bouche avec fierté. Elle s'est levée en gonflant ses joues et ses narines, a tiré la langue à sa belle-mère d'un air entendu, a décroché le téléphone et composé en s'y appliquant le numéro de ses parents.

– Maman, j'ai une nouvelle importante à t'annoncer, mais d'abord dis-moi comment vous allez, toi, papa et les enfants.

– Ton père s'occupe, il vient de couper deux branches de l'arbre à pain qui ne gênaient personne. Et les enfants sont en vacances, ils dorment quand ils ne courent pas.

– Et le temps ? Ici c'est agaçant, ça peut changer à tout moment.

– C'est ça, la nouvelle importante ?

– Mais non, bien sûr que non, c'est Anil qui a disparu depuis hier midi.

– Et c'est maintenant que tu le dis ? Vous vous êtes disputés, c'est ça ?

– Arrête de crier, maman, je ne suis pas sourde, et dis à papa d'arrêter aussi.

– Quoi ? a pesté Deva. Qu'est-ce que j'apprends ?

– Arrête, papa, et repasse-moi maman s'il te plaît, elle te racontera après.

– Dis-moi comment je peux aider, lui a demandé Rani à mi-voix.

– Pouvez-vous ramener les enfants à la maison aujourd'hui ? Disons vers six heures, je serai au magasin toute la journée.

– Dois-je leur dire pourquoi c'est fini, les vacances ?

– T'en penses quoi ?

– Moi je leur dirai, lui a promis Deva.

Puis elle a cherché le numéro de sa bonne dans son carnet et l'a composé. Un de ses fils, elle en avait trois aux dernières nouvelles et pas plus d'un du même père, a décroché et lui a dit de patienter en attendant qu'il mette la main sur sa mère. Elle l'a entendu qui l'appelait à tue-tête, qui lui demandait pour l'amour de Dieu où elle se trouvait, Madame Ramloll est au téléphone qui te cherche et elle dit que c'est important. Elle devait être avec son balai, son fer à repasser ou ses casseroles, car ça coulait dans ses veines, le ménage, qu'elle avait confié à Mirna pour être embauchée, et c'était en rendant aux objets les plus familiers leur éclat qu'elle se sentait en vie.

– Vraiment désolée, Madame, de vous avoir fait attendre. Qu'y a-t-il pour votre service ?

– Juste pour te dire de ne pas venir aujourd'hui. Passe un bon week-end.

– Je comprends, Madame, d'ailleurs j'attendais votre appel. Croyez à toute ma sympathie et à lundi.

Mirna a quitté la maison et essayé de faire le vide en aspirant l'air et les odeurs de friture qui arrivaient par bouffées, c'était une nouvelle journée qui commençait et il n'était pas question qu'elle soit d'entrée de jeu gâchée par sa bonne qui, elle le reconnaissait, avait un aussi bon fond que ses nerfs des faiblesses depuis la disparition d'Anil. Quel toupet tout de même, a-t-elle grogné en repensant à leur conversation, m'offrir sa sympathie alors qu'il est en vie ! Et comme les nouvelles vont vite maintenant que tout le monde a le téléphone !

Elle avait l'impression que les hommes qu'elle croisait la toisaient des pieds à la tête en cherchant le moindre prétexte pour l'interpeller et l'accabler de reproches. Sont-ils donc tous au courant ? Mais bien sûr que non, personne ne la regardait vraiment, c'était juste un coup d'œil furtif qu'on ne lance d'ailleurs qu'aux jolies passantes. Difficile cependant de soutenir les regards de connivence ou de répondre au salut de quelqu'un qu'on voit pour la première fois. Pourquoi ? s'est-elle demandé pour mieux se comprendre. Par peur de quoi ? Et elle a regretté d'avoir oublié ses lunettes de soleil dans son sac en daim, et s'est rappelé que dans son enfance, quand seuls les touristes en portaient, on les appelait des boîtes de conserve, sans doute parce que ça conservait la vue, et boîte parce que c'était alors le seul objet qu'on connaissait qui pouvait conserver. Car avec ses lunettes noires, elle dévisagerait n'importe qui sans qu'il s'en aperçoive, et sans elles il ne lui restait plus qu'à baisser les yeux, fixer ses pieds et le trottoir et se dépêcher sans en faire un foin.

Elle s'est redressée en traversant le passage clouté et a ralenti le pas à la hauteur de l'ancienne caserne de pompiers en apercevant un attroupement devant le magasin. Il y avait même des gamins des rues qui gênaient la circulation et que fusillaient du regard ceux qui avaient leurs embêtements ou leurs occupations. Elle a d'abord pensé à un incendie, mais comme il n'y avait pas de fumée et que l'air sentait le patchouli et pas le brûlé, elle a opté pour l'accident domestique, d'autant plus qu'aucun policier, du moins en uniforme, n'était présent. Ce n'est quand même pas pour le magasin, il est à peine neuf heures, et elle a cherché en vain Vimla et Santa qui avaient dû prendre peur et s'abriter dans le corridor.

C'est seulement quand un copain d'enfance d'Anil qu'elle connaissait de vue l'a saluée et s'est excusé d'avoir manqué la battue pour cause de réunion de famille qu'elle a compris que la foule était là pour elle. Il lui a présenté quelques amis sur qui on pouvait compter dans les moments difficiles, dont un négociant en vins et spiritueux qui était aussi un membre éminent de la caste des marchands, un loueur de voitures aux cheveux pommadés et à la mine consternée et un coiffeur avec sa serviette poisseuse sous le bras qui a marché sur les pieds d'un bijoutier baigné de frais pour céder la place à des vieux qui ont fait des salamalecs en déclinant leur identité et en établissant leur parenté avec Anil. Et tous sont venus, parfois de loin, pour compatir à sa douleur et lui offrir leur soutien inconditionnel pour surmonter la longue et pénible épreuve.

Il y avait surtout des badauds qui, intrigués par cette assemblée inhabituelle, interrompaient leur flânerie pour en connaître la raison. Certains se faisaient alors des signes en tendant l'oreille et d'autres se parlaient à voix basse en cachant parfois leur bouche ouverte avec la main. Et le clou de la matinée pour Mirna, c'était quand une jeune femme, probablement la même qui était venue au magasin pour une écharpe à offrir à sa mère, lui a demandé de prendre un selfie avec elle pour ensuite le poster à ses amis afin qu'ils partagent eux aussi sa peine. Elle a décliné l'offre et a accusé la jeune femme sans lui donner le temps de rouvrir la bouche de porter la poisse à son mari. Elle s'en est allée tête baissée, en se lamentant sur la rudesse de l'accueil, elle ne pensait qu'à aider, c'est tout, à apporter du réconfort.

Quel soulagement de voir enfin Vimla et Santa ! Adossées à la grille du magasin, elles semblaient jouer les dures, elles avaient le torse bombé et les yeux braqués avec gravité sur des rôdeurs de l'air que Mirna a fait exprès de bousculer pour rejoindre ses vendeuses. Comme elles étaient maigres et chétives, a-t-elle constaté en les serrant dans ses bras pour les remercier de leur présence, et sur le coup ça l'a encore plus peinée quand elle a remarqué qu'elles portaient les mêmes vêtements que la veille. Trop pauvres pour varier leur mise, a-t-elle supposé en soulevant la grille, ou trop frustes pour la soigner, parce qu'elles étaient bien payées après tout. Elle a ouvert la porte et allumé toutes les lumières en un tour de main, et a crié au miracle dès qu'elle s'est retournée : la foule s'était volatilisée.

Seuls deux fouineurs ont débarqué au magasin dans la matinée, aucun l'après-midi, et Mirna s'y attendait, ces gens-là vont à souhait de malheur en malheur, sauf s'il y a des rebondissements qui les prennent au dépourvu. L'un a voulu mettre ses pieds dans les traces du disparu. Pianotant des doigts sur le comptoir, il a dit à Mirna que ce serait légitime qu'elle lui demande comment il avait appris la triste nouvelle alors qu'il n'est pas d'ici, mais si elle le permettait, il lui confierait d'abord qu'il avait connu Anil à l'école, ils avaient dix ans et ils étaient dans la même classe, mais que pour un trimestre, il avait dû repartir chez ses parents qui s'étaient rabibochés, et jamais il ne l'a revu. Elle ne va pas le croire, mais ce matin en quittant Curepipe pour rendre visite à son oncle qui l'avait accueilli pendant trois mois et qui a toujours sa maison à deux pas de l'école, il a pensé à Anil, à ce qu'il est devenu après toutes ces années, et voilà que l'oncle Vadivel lui annonce que son camarade de classe a disparu comme par magie.

L'autre était encore plus tordu. En revenant du marché aux fruits et légumes, il était tombé sur l'attroupement devant le magasin. Après avoir appris et compris ce qui s'était passé, il était rentré chez lui et avait prié pour le malheureux, mais il sentait bien que ça ne suffisait pas, qu'il fallait pousser plus loin. Voilà pourquoi il se tenait devant elle, pour la convaincre de faire venir un prêtre qui a toute sa confiance afin de bénir le magasin et d'y ramener son mari avant le coucher du soleil. Mirna a rejeté avec force sa proposition, elle le soupçonnait d'être lui-même le prêtre qu'il recommandait, il portait un costume de cérémonie qui puait l'arnaque. D'ailleurs, un prêtre est déjà venu, a-t-elle soutenu sans tiquer, qui a béni le magasin, l'employeur et les salariées, ainsi que les clients passés et à venir. Et bien entendu, il est parti sans rien acheter, tout comme l'illuminé de Curepipe.

Au moins, a dit Mirna à Santa, Vimla faisait l'inventaire de la remise, ils ne viendront pas m'emmerder chez moi, je ne supporterai pas que mes enfants voient leurs sales têtes et entendent leurs boniments, et puis faut pas oublier les vrais clients, des habitués pour la plupart qui feignaient l'ignorance, personne n'a demandé des nouvelles d'Anil, mais quand ils sont passés à la caisse et ont fait face à la femme du disparu, ils avaient tous une mine de déterré, pour une fois ça n'avait rien à voir avec le prix, et tout ça était reposant pour Mirna et les deux vendeuses qui étaient particulièrement aimables avec les habitués, plaisantes même, comme quand Vimla a voulu vendre des pulls à col roulé qu'elle avait dénichés dans la remise.

– Cent cinquante roupies pour un pull qui en vaut au moins le triple, a-t-elle soufflé à une jeune fille qui habitait dans le coin.

– L'hiver est bientôt fini, qu'elle a rétorqué, et on n'aura plus besoin de pull. Regarde comme je suis habillée, et ce débardeur je l'ai acheté ici même le mois dernier.

– Je m'en souviens très bien, mais avec le changement climatique qui a déréglé le temps, l'hiver pourrait se prolonger jusqu'en décembre.

– Et les flamboyants, ils fleuriront en juin ?

– Et pourquoi pas toute l'année ? Rien ne m'étonnerait avec ces bouleversements qu'on nous prévoit.

– À l'hiver prochain alors, et elle a agité, en signe d'adieu, un prospectus roulé en long pour s'éventer.

Bien joué ! lui signifiait Mirna en la saluant à poing levé, mais vite elle a caché ses mains derrière le comptoir et cessé de gigoter quand la porte a grincé, elle a pensé à la jeune fille qui revenait pour un pull, mais comme le regard de Vimla s'est figé jusqu'à ressembler à celui des mannequins sur leur socle, elle s'est retournée vivement et a reconnu du premier coup d'œil le député Om Prakash, sans doute à cause de la moustache qui se faisait rare.

Ram Gupta, son agent politique qui l'accompagnait souvent dans ses déplacements, l'a présenté à Mirna avant de s'effacer et de rejoindre en clopinant Vimla et Santa qui l'ont salué par une inclination déférente de la tête. Il leur a parlé de la famille, de l'importance du partage et du plaisir de donner et de recevoir, et pour qu'elles ne décrochent pas, il exagérait ses grimaces de douleur à chaque fois qu'il reprenait son souffle. Et n'allez surtout pas croire aux rumeurs que certains colportent sur notre mouvement qui n'est pas sectaire pour un sou, bien au contraire, qu'il a avancé en les regardant dans les yeux, il est ouvert à toutes les castes, et c'est avec joie et honneur que je vous y accueillerai personnellement, vous et vos proches.

Quant au député, il a commencé par louer le courage de Mirna d'avoir ouvert le magasin un lendemain de catastrophe. Ce sont des personnes dignes et hardies comme vous, lui a-t-il confié en se penchant vers elle, qu'il nous faut pour diriger ce pays, pas un ramassis de mous aigris. Tout en lui assurant qu'elle pouvait compter sur lui pour surmonter cette épreuve rude et cruelle, il a sorti une carte de visite de son portefeuille et l'a glissée dans sa main qu'il n'a pas lâchée, le temps qu'elle consente à l'appeler, en cas de besoin, à n'importe quelle heure, la nuit et le week-end compris.

C'est vrai qu'il assistait aux nombreux mariages auxquels il était invité et qu'il offrait aux mariés un cadeau enrubanné et une carte de vœux portant ses initiales, tout comme il se rendait aux enterrements de sa circonscription avec une couronne de fleurs et des regrets éternels, mais sa visite, contrairement à ce qu'elle avait imaginé, l'avait bien requinquée, et pour la première fois de la journée elle avait regardé dans la rue avec des yeux qui ne fuyaient plus quand elle l'avait raccompagné à la porte, même si le chagrin ne cessait de lui marteler le cœur.

– Qui c'est ? a demandé Mirna d'un ton sec, elle craignait que rappliquent la grand-tante d'Anil et sa belle-fille qui venaient de partir après l'avoir forcée à boire un bol de lait chaud et à manger une part de tarte aux pommes qu'elles avaient apportée.

– Ouvre, c'est moi, Anil ! a répondu Kamla en imitant la voix de son père avant de toquer de plus belle.

– Arrête ! lui a ordonné Ashok. C'est pas le moment de faire l'andouille.

– Ton frère a raison, a murmuré Rani en lui caressant les cheveux pour la consoler, tu vas donner de faux espoirs à ta mère.

Mirna a tapoté ses joues et pincé ses lèvres pour reprendre des couleurs, puis elle a ouvert la porte et serré ses enfants dans ses bras en jetant des coups d'œil à ses parents qui s'efforçaient d'être tout sourire.

– Et papa, lui a demandé Ashok, et il a promené ses regards sur le salon et l'escalier, il revient quand ?

– Je ne sais pas encore, mon ange, en tout cas avant la rentrée des classes, c'est lui qui vous emmènera à l'école ce jour-là, comme il l'a toujours fait.

– Maman, je peux prendre de la tarte ? Rien qu'un petit morceau, a supplié Kamla qui s'était installée à la cuisine. Je ne sais pas pourquoi, j'ai encore faim.

Ils se sont tous attablés pour finir la tarte et boire du chocolat chaud. Du bout des lèvres, Mirna répondait à ses enfants en se penchant le plus souvent sur son bol, elle savait que son teint était livide et ses yeux sans expression, et elle ne voulait surtout pas qu'ils s'alarment pour elle. Et pour briser tout silence qui s'éternisait, ça devait être la mission qu'il s'était fixée, Deva rappelait à Mirna ses diableries à l'école, qui pour elle semblaient remonter à l'âge de pierre, et aux enfants la balade qu'ils avaient faite la veille sur le flanc de la montagne, en leur promettant qu'à leurs prochaines vacances ils grimperaient encore plus haut, quitte à se lever plus tôt. Et il l'a redit quand il est sorti de table pour se rincer la bouche et les mains, ils pique-niqueraient au sommet et verraient la mer comme jamais on la voit d'une plage ou de son cocotier.

– Je peux avoir un chien maintenant, s'est réjouie Kamla en recueillant du doigt les miettes de la tarte.

– Maintenant que quoi ? lui a demandé Mirna d'un ton irrité.

– Tu le sais bien, papa ne veut pas de chiens à la maison.

– Et quand il reviendra, on fera quoi du chien ? Et tu mettrais qui à la porte, le bouledogue ou ton père ?

– Je disais ça seulement au cas où, et elle lui a souri d'un air coupable.

Mirna s'employait à garder son calme et à n'esquiver aucune question, après tout ce ne sont que des enfants dont le père s'en est allé sans un mot d'excuse. Quant au chien, il serait encore temps d'y réfléchir si par malheur il ne revenait pas, et personnellement elle ne serait pas contre, ça ferait de la compagnie à sa fille et peut-être même à Ashok, et ce serait toujours ça de gagné. L'idéal cependant, c'est qu'on en reparle à leur père à son retour, il changera sûrement d'avis.

– Mais quand est-ce qu'il revient ? a grogné Ashok en crispant le poing comme son père lorsqu'il fait l'enfant gâté.

– Je te l'ai déjà dit, s'est agacée Mirna, il sera là pour la rentrée des classes.

– Et tu sais où il est allé ?

– Oui, mais pour l'instant ça reste un secret, il vous le dira lui-même quand vous le verrez.

– Mais s'il ne revenait pas ? a demandé Kamla.

– Allez, les enfants, il est temps d'aller se coucher, a dit Rani d'une voix douce mais ferme, et elle s'est levée de table pour donner l'exemple. Quand on ne dort pas, on s'énerve, et rien de bon n'en sort.

C'était ce soir-là, précisément quand ils se brossaient les dents en rechignant à se regarder en même temps dans le miroir, que Mirna a réalisé combien les caractères de ses enfants pouvaient s'opposer, et pour qu'ils ne sèment pas la zizanie entre eux, surtout en l'absence du père, elle a pensé à leur trouver des distractions où ils voudraient s'unir pour lutter, par exemple, contre les intempéries lors de marches en montagne ou d'excursions en mer. Peut-être n'était-ce qu'une posture, une ruse d'enfant pour se distinguer de l'autre, en tout cas elle veillerait à ce qu'ils ne se tapent pas dessus, à cet âge on s'en souvient longtemps après, mais elle n'oublierait pas pour autant de leur expliquer leurs particularités et de les respecter, car c'est en se comprenant qu'on accepte ceux qui ne nous ressemblent pas. Et pour la première fois, elle a raconté une histoire différente à chacun pour les endormir.

À Ashok, elle a déroulé le film qu'elle avait vu à la télé avec Anil l'avant-veille de sa disparition et qui racontait comment un grand poète américain, en apprenant la mort de son jeune frère sur un champ de bataille, a parcouru les bois et les plaines, souvent à pied, pour ramener son corps au village natal et l'enterrer au côté de leurs parents dans le cimetière familial, sauf que le grand poète est devenu une poétesse encore plus grande et qui dans son esprit avait les traits de Kamla. Ashok lui a fait son plus beau sourire quand sa mère lui a révélé que la nouvelle était fausse, puisque son jeune frère, retrouvé après plus d'une semaine d'enquêtes et de recherches, n'avait que des éraflures aux bras et aux épaules.

Et pour Kamla, elle a choisi l'histoire des trois petits cochons qu'elle a remplacés par des chiots, ce qui a enchanté sa fille, et sans hésiter elle les a appelés Dolly, Molly et Poppy, mais à peine le loup avait-il montré ses crocs qu'elle a interrompu le récit.

– Je peux te demander quelque chose ?

– Mais pas sur la construction des niches, moi non plus je n'y comprends pas grand-chose, a prévenu Mirna d'un ton badin. Ni sur la fin de l'histoire, apprends à être patiente, c'est le premier des dons.

– Je la connais, la fin, a dit Kamla d'une voix de tête, tu l'as déjà racontée, mais avec des cochons.

– Tu veux une autre histoire ? Mais courte alors !

– Je voulais juste savoir pourquoi j'ai encore faim. Tu crois que je suis malade ?

– Au contraire, quand on a de l'appétit, c'est qu'on est en bonne santé. Ça doit être l'air de la campagne et votre balade en montagne qui te donnent encore faim.

– Ou alors je m'inquiète parce que papa n'est pas là, et je mange pour me rassurer.

– Au contraire, tu n'aurais même pas faim dans ce cas.

Leur seul point commun de la soirée, s'est dit Mirna en descendant l'escalier, c'est que personne n'a envie de dormir, Ashok a insisté pour éteindre lui-même la lumière et à l'heure qui lui convenait, et Kamla a supplié sa mère de laisser la fenêtre et les rideaux ouverts, elle voulait regarder le ciel et les étoiles, ça l'aiderait sûrement à se détendre et à trouver le sommeil.

Ses parents donnaient l'impression de ne pas avoir bougé d'un pouce depuis qu'elle les avait quittés pour mettre les enfants au lit, son père avait toujours les coudes au corps et sa mère les mains derrière le dos, et même leur sourire forcé et leur regard voilé s'étaient figés comme s'ils posaient pour une photo, mais la vaisselle était rangée, la table astiquée et surtout ça empestait la javel.

– Fallait pas, a dit Mirna en regardant le sol qui avait rarement autant brillé.

– Tu le sais bien, a répondu Rani, que je pourrais nettoyer toute la maison sans m'en rendre compte, comme d'autres respirent ou ronflent, et elle a jeté un coup d'œil mi-sévère, mi-moqueur à son mari.

– Qu'est-ce qu'elle est gonflée, ta mère ! a protesté Deva en levant les bras au ciel. C'est toujours celui qui s'endort en dernier qui ne ronfle jamais.

– Et les enfants, a demandé Rani en vérifiant si les torchons avaient séché, est-ce qu'ils ont eu du mal à trouver le sommeil ?

– Pas du tout, ils ont ronflé avant la fin de l'histoire, sûrement que la balade en montagne les a éreintés.

– Ça sert aussi à ça, a acquiescé Deva, et c'était la même chose pour toi.

– Et par simple curiosité, s'est justifiée Rani, quelle est cette histoire du retour d'Anil pour la rentrée des classes ?

– Ils m'ont prise au dépourvu avec leurs questions, et je ne voyais rien d'autre pour les apaiser. J'ai mal fait ?

Rani a haussé les épaules et présumé qu'elle ne savait pas non plus à quel endroit il se terrait, ça aussi elle l'a dit pour rassurer les enfants, tandis que Deva respirait profondément en serrant et desserrant les mains.

– Tu es pâle, a-t-elle remarqué après s'être penchée vers sa fille, et tu as maigri.

– C'est de l'ironie ou c'est pour me faire plaisir ? Et pour prouver à sa mère qu'elle ne voyait plus clair, elle a montré et palpé ses bourrelets à la taille.

– Va dormir, lui a conseillé son père dès qu'elle s'est mise à bâiller, on éteindra.

Elle s'est assurée que ses enfants dormaient avant de regagner sa chambre sur la pointe des pieds. Elle s'est déshabillée, a pris un somnifère parce qu'elle était fatiguée des cauchemars, s'est allongée sur le lit et s'est étirée en soupirant d'aise, soulagée d'être enfin seule. Elle a éteint la lampe de chevet et ont défilé, à peine avait-elle fermé les yeux, des images de montagnes de toutes les formes et de toutes les couleurs. Elle s'est même vue qui pouffait de rire en escaladant une paroi rocheuse étrangement pareille à une croupe rougie et rebondie, et ça lui a fait drôlement plaisir d'être parvenue sans peine au sommet, d'où elle pouvait contempler des fleuves, des forêts vierges et d'autres sommets, mais ça n'a duré qu'un instant, le temps de tourner de l'œil.

Rakesh a éteint sa cigarette et monté un escalier de pierre grise en se promettant de boire avec modération, il ne se sentait pas d'humeur à faire la fête. Parvenu au palier, il a rallumé la lumière et poussé au bout du couloir une porte vitrée qui s'ouvrait sur une salle bondée où des serveuses circulaient sans répit entre les tables. Il a reconnu et évité de justesse un collègue qui, juché sur un tabouret de bar, a sifflé son verre en renversant la tête. Il s'est essuyé la bouche et la moustache et s'est penché vers la jeune femme qui était accoudée au comptoir pour l'encourager à en faire autant. Et avant de rejoindre Jack et Salim qui s'étaient levés pour lui faire signe, il a salué une ancienne maîtresse et sa petite sœur, un ami d'enfance dont le nom lui échappait et le patron qui était assis à une table de coin.

– Déjà ! a remarqué Rakesh en soulevant la bouteille de whisky qui était à moitié vide.

– Hé oui, lui a répondu Jack, on n'a pas voulu s'emmerder en t'attendant.

Salim a appelé par son prénom la jeune et jolie serveuse qui a aussitôt pirouetté sur ses talons. Il lui a demandé un verre pour monsieur et commandé une bonne portion de poulet croustillant, du pain au beurre et à l'ail et une autre bouteille dès que celle-ci serait vide.

– Je prendrais bien des crevettes en beignets s'il y en avait, a dit Rakesh. Et du piment écrasé.

– Et faites enlever les mouches qui sont collées à la vitre, lui a glissé le patron qui partout veillait au grain, et il lui a montré la fenêtre par laquelle il avait regardé la nuit ocellée de taches vertes et grises envahir le quartier.

Rakesh était curieux de savoir à quel moment et lequel des deux amorcerait la conversation sur Anil, en tout cas qu'ils comptent pas sur lui pour leur en fournir le moindre prétexte. Pour tromper son ennui, Jack a raconté par le menu les emmerdes qu'il avait avec des ouvriers sur un chantier à Albion où il faisait construire un bungalow pour son fils aîné : le plombier et son manœuvre qui mettent des heures à raccorder deux tuyaux dès que tu as le dos tourné, l'électricien qui doit être daltonien puisqu'il ne distingue pas le fil vert du rouge s'il n'a pas encore cette foutue migraine qui l'oblige à garder la chambre et des maçons qui croient que crépir c'est plâtrer et qui ne jurent que par la doloire et le fil à plomb.

Quant à Salim, c'étaient les chauffeurs qui le foutaient en rogne, surtout le soir en rentrant du bureau. Son cauchemar, c'était quand ils le doublaient en klaxonnant comme des forcenés et le pressaient de freiner pour qu'ils puissent se rabattre à temps. Et c'étaient sans doute les mêmes qui plus loin se garaient là où ça les arrangeait, parfois dans un virage et sans mettre le clignotant. Ils n'ont sûrement pas conscience que d'autres qu'eux existent aussi, a-t-il repris après s'être discrètement nettoyé les dents avec la langue et la salive, mais si par bonheur il en croisait un qui lui faisait signe de passer avant lui, il reprenait tout de suite confiance en l'humanité.

Salim voyait bien que Rakesh ne l'écoutait pas, il scrutait la salle avec des yeux lumineux et un sourire béat retroussait légèrement sa moustache. Piqué de curiosité, il s'est retourné en se demandant ce qui pouvait le captiver.

– Ah ! La jolie serveuse ! et il a hoché la tête pour signifier qu'il le comprenait.

– C'est vrai qu'elle est jolie, a acquiescé Jack.

– Déconnez pas les gars, a protesté Rakesh, elles sont toutes jolies ! Regardez comme elles virevoltent d'une table à l'autre en esquivant les gesticulations des soûlauds, et avec le sourire s'il vous plaît !

– On dirait un ballet ! s'est moqué Jack d'une voix étranglée.

– Suffit qu'on parle du loup, a dit Salim lorsque la serveuse a donné un coup de torchon rapide sur la table et remplacé la bouteille vide par une pleine.

Jack a bâillé et hoqueté en même temps, puis d'un ton détaché a demandé à Rakesh s'il était souffrant.

– Tu bois à peine, a-t-il ajouté en ouvrant la bouteille. T'as même pas fini ton verre.

– C'est que j'ai plus faim que soif, s'est-il défendu, et pour le prouver il n'a fait qu'une bouchée d'un beignet enrobé de piment écrasé. Pourquoi ? Tu veux me soûler ?

– Il paraît qu'Anil a disparu, s'est lancé Salim quand Jack s'est mis à bégayer. Et que tu es le dernier à l'avoir vu. Qu'est-ce qui s'est passé ?

– Personne ne le sait, a répondu Rakesh, et d'un trait il a vidé son verre qu'aussitôt Jack a rempli. Même pas lui, je crois. Par contre, je peux vous raconter si ça vous chante ce qu'on s'est dit au restaurant avant qu'il ne prenne son envol. Mais d'abord trinquons à sa santé, c'est la moindre des politesses.

Il lui avait parlé de la Chine et des usines grandes comme nos villes qui pouvaient confectionner n'importe quel vêtement, il suffisait de leur fournir un modèle. Jack et Salim ont ouvert d'aussi grands yeux qu'Anil la veille lorsque Rakesh leur a annoncé le prix de revient d'un sari en soie et le délai de livraison. L'Inde, c'est fini, et il l'avait étayé de chiffres précis et incontestés, et Madagascar n'en parlons même pas, ça n'a jamais vraiment démarré.

– Il semblait apprécier mon arithmétique, a-t-il soupiré, et quand je l'ai quitté devant le restaurant, on s'est dit à vendredi prochain pour creuser l'idée d'une commande groupée afin d'améliorer notre marge.

– C'est tout ? a fait Jack qui n'a pas pu retenir une moue dégoûtée lorsque Rakesh s'est remis à contempler le ballet des serveuses.

– Il t'a rien dit de personnel, a demandé Salim, par exemple sur des ennuis de santé ou un moral à zéro ?

– S'il t'a mis dans la confidence, a précisé Jack, et donné un indice ?

– Indice de quoi ? s'est énervé Rakesh.

– Ben, pourquoi il prendrait son envol, comme tu l'as dit toi-même, a bredouillé Jack.

– Ma tête à couper, a parié Salim d'une voix enjouée, c'était aussi pour détendre l'atmosphère, qu'il est parti s'amuser quelque part.

– Mais bien sûr que non, a rétorqué Jack en fronçant les sourcils, il est trop coincé pour se payer du bon temps, et puis ça ne lui ressemble pas de partir sans prévenir, tellement qu'il est ordonné, peut-être même maniaque sur les bords.

– Moi je ne m'en fais pas, car je sais qu'il va bientôt revenir, a soutenu Salim. En tout cas, il n'ira pas bien loin, l'île est trop petite pour s'y perdre.

C'était la foire aux hypothèses, et Jack et Salim y allaient gaiement de leurs couplets qu'ils échafaudaient au fil des verres avalés d'un trait. Ils ont soupesé à tour de rôle une noyade par étourderie, un meurtre sans motif ni préméditation, la démence, un banal accident de la route, une grosse déprime, un enlèvement sans rançon, une plaisanterie de mauvais goût pour des raisons qui leur sont restées obscures, n'ayant pu s'accorder sur aucune, un mauvais sort qu'on lui aurait jeté, et Jack a fait remarquer qu'il y avait plus d'une sorcière dans son quartier. Et pourquoi pas une affaire de fesses ? Ça pourrait aussi se tenir, a approuvé Salim, et il a bien précisé que ce n'était pas pour médire de quiconque, mais il n'y aurait pas quelque chose entre Anil et l'une des vendeuses ? Elle est jolie, la petite Vimla, et pas bête.

S'apercevant qu'il n'entendait plus que les voix de Jack et de Salim, leurs soupirs et leurs éclats de rire, Rakesh a levé la tête et regardé autour de lui. Déconcerté de voir que tous les autres clients, et même le patron qui d'ordinaire ne s'occupait que des affaires de ses employés, avaient l'oreille tendue et les yeux braqués sur eux, il a discrètement fait signe aux deux limiers de baisser le volume. Une serveuse plutôt rondelette, dont les parents habitaient la même rue que les siens, a sifflé la fin de la partie en demandant d'une voix sonore à un jeune homme accoudé au comptoir s'il désirait autre chose. Et les conversations ont aussitôt repris, suivies du tintement des verres.

– Et toi Rakesh, t'en penses quoi de Vimla ? a demandé Salim à mi-voix.

– Je t'ai déjà répondu.

– Mais je ne t'ai même pas posé la question, ce n'est que maintenant...

– Bien sûr que si, l'a interrompu Rakesh, tu me l'as posée la semaine dernière et celles d'avant.

– La mémoire qui flanche, s'est justifié Salim en désignant la bouteille qui était presque vide. Vaut mieux que je rentre me coucher, sinon je brouillerai à jamais les jours et les semaines.

Il s'est levé en prenant appui sur sa chaise et la table, leur a confié d'un air entendu que s'il rentrait après minuit, il serait mis à l'amende par sa femme, leur a tourné le dos et s'en est allé sans les saluer.

– On a tellement bu, a reconnu Jack, que par moments on croyait tout savoir sur Anil.

– Et l'on finit comme l'autre par radoter et poser les mêmes questions sans se soucier des réponses, justement parce qu'il pense avoir tout compris.

– Mais dire que Salim est un mauvais bougre, a murmuré Jack en fixant ses yeux pochés sur Rakesh, ce serait mentir, je lui connais plus de qualités qu'à nous deux réunis.

Ashok n'a pas voulu que sa mère les accompagne à l'école, il lui reprochait d'avoir menti, son père n'était pas revenu pour la rentrée des classes. Il en était certain à présent, il ne le reverrait plus, et il s'est remis à donner des coups de pied rageurs dans des bouteilles en plastique qui traînaient sur la route. Parvenu au sommet de la côte, il a changé de trottoir et s'est approché d'un petit cabot noir qui somnolait devant le portail de l'église. Il s'apprêtait à le cogner quand Kamla qui lui avait emboîté le pas lui a ordonné d'arrêter, il t'a rien fait ! Et elle a repris en retraversant la rue le refrain d'une chanson qui flottait dans son esprit et qu'elle avait composée la veille avant de se coucher. L'orchestre a couvert sa voix lorsqu'elle a aperçu les bâtiments décrépits de l'école et elle a cessé de fredonner pour se rappeler avec netteté le visage et les mimiques de chacune de ses camarades qu'elle avait hâte de retrouver, surtout Doris qui lui avait écrit la plus longue lettre qu'elle ait jamais reçue pour l'assurer qu'elle se tenait à ses côtés dans ces moments difficiles. Et elle était si belle et si touchante qu'elle pleurait à chaque fois qu'elle la relisait. Comme elle aurait aimé l'avoir écrite elle-même, elle l'aurait envoyée tout de suite aux âmes en peine qu'elle connaissait.

Ashok redoutait que ses camarades lui parlent de son père, il ne supporterait ni leurs questions gênantes ni leurs airs contrariés, mais personne n'a fait allusion à sa disparition, du moins en sa présence, ni s'est soucié de son état à lui, sauf peut-être la maîtresse qui, avant de commencer la leçon d'histoire, l'a salué en s'inclinant légèrement et l'a regardé avec des yeux ronds et brillants de poupée, qui signifiaient sûrement qu'avec le temps ça ira, car tout n'est pas perdu. Et elle n'a pas fait la moindre remarque quand, négligeant la leçon, il a contemplé par la fenêtre le dispensaire dont le toit était caché par les branches d'un manguier en fleurs et qui lui paraissait aussi mystérieux que lors de sa première rentrée qui datait quand même de quatre ans, puisque seuls des hommes à la mine sombre s'y rendaient et à des heures bien précises.

Et dès que la cloche a sonné, il s'est coulé hors de la classe et s'est précipité vers le marchand de gâteaux pour acheter un millefeuille qu'il a mangé en suivant une allée bordée de rosiers et un massepain pour Kamla qu'il a d'abord cherchée sur le terrain de jeux et trouvée sous un arbuste couvert de poux. Il a salué Doris d'un geste mal assuré qui lui a paru idiot et donné le gâteau à Kamla qui n'en croyait pas ses yeux, c'était la première fois qu'il lui offrait quelque chose depuis la disparition de leur père, et il s'est faufilé entre les rosiers avant qu'elle n'ait eu le temps de le remercier.

Doris n'a pris qu'une miette du massepain, elle venait d'engloutir deux friands et elle n'avait pas faim. Kamla non plus, mais c'était un cadeau de son frère et elle n'en a fait qu'une bouchée.

– Il ne parle pas beaucoup, a-t-elle regretté après s'être essuyé la bouche avec son mouchoir brodé, pourtant maman nous le conseille chaque jour, de toujours dire ce qu'on a sur le cœur.

– Ça viendra, l'a rassurée Doris en lui tapotant la main, dis-toi que ce n'est pas encore le moment.

– Ceci dit, a nuancé Kamla, je le comprends. Moi aussi je pense à mon père, mais dans mon coin, et en rentrant à la maison cet après-midi, je sais qu'il n'y sera pas, et je me sens vide rien que d'y penser.

– Un jour, tu verras, il aura tellement de mal à garder sa peine pour lui seul qu'il sera bien obligé de la raconter à quelqu'un, et il y a des chances que ce jour-là il toque à ta porte en pleurs. Mon cousin Jerry, c'était pareil.

– Peut-être que d'ici là il composera une chanson comme moi. Ou écrira un poème pour apaiser sa peine.

– C'est vrai ? a demandé Doris en écarquillant les yeux. Je peux l'entendre ?

– Mais pas aujourd'hui. Le refrain, c'est pas encore ça.

– Et de quoi parle-t-elle ? Ça, tu peux le dire !

C'est une lettre d'amour à son père, dans laquelle elle lui parle de sa souffrance de vivre sans lui. Ça commence par chaque matin que je me lève depuis que tu es parti, je me demande si tu seras encore absent aujourd'hui ou si tu rentreras enfin au logis. Et pour le refrain, elle a voulu une note de réconfort pour ne pas trop le tourmenter et le rendre plus malheureux qu'il ne l'est déjà, et elle a pensé l'entamer a cappella par heureusement, c'est désormais son mot préféré. L'ennui, c'est qu'il faut choisir entre heureusement qu'il y a maman et Ashok qui sont là pour m'aider à supporter ton absence et heureusement qu'il y a des photos de toi que je regarde avant de me coucher, et qu'elle n'arrive toujours pas à se décider.

– Moi aussi j'hésiterais, a admis Doris après l'avoir applaudie sans bruit, l'un me plaît autant que l'autre. Et quel titre tu lui as trouvé ?

Kamla lui a répondu distraitement qu'elle y pensait, car elle venait d'apercevoir en tournant son regard vers l'allée des rosiers une fillette qui piquait un somme au soleil. Ses jambes étaient maigres et chétives, ses chaussures trouées et terreuses et son uniforme taché de graisse et de rouille au col et aux manches. Elle avait un sourire grimaçant, sans doute à cause de sa bouche ouverte, et des cheveux noirs et bouclés qui lui couvraient le front et relevaient le feu et le sang sur ses joues. Et un bonnet rose qui devait être douillet lui servait d'oreiller. À peine s'est-elle levée pour la réveiller en douceur et lui murmurer à l'oreille qu'elle risquait d'attraper une insolation si elle ne remettait pas immédiatement son bonnet sur la tête que la cloche a retenti et qu'elle s'est redressée en sursaut en ouvrant de grands yeux.

Mademoiselle Adler a consacré le dernier quart d'heure de la journée à apprendre à ses élèves à prononcer correctement les noms des cinq fleuves les plus longs au monde et autant de déserts les plus vastes et de montagnes les plus hautes. Tout en les bredouillant après elle d'une voix qui vibrait de défi, Kamla se demandait à quoi pouvait bien s'occuper son père à cette heure. Peut-être est-il en train de faire sa sieste après s'être délecté d'un bon bol renversé au poulet et aux crevettes que maman ne cuisine plus depuis qu'il est parti.

Ses yeux se sont ouverts plus grands quand elle a entendu les noms des montagnes, elle les préférait de loin aux fleuves et aux déserts, et elle sentait bien que Doris lui faisait du pied sous la table, sûrement pour lui révéler un nom inconnu de la maîtresse, mais elle a continué à ânonner ceux qui étaient écrits sur le tableau et à se poser des questions sur son père. À quelle vitesse, s'étonnait-elle, toutes ces idées qui te tombent dessus et te traversent l'esprit sans que tu puisses les freiner, encore moins les arrêter, lorsqu'un tel malheur te frappe, c'est à peine croyable !

– Mademoiselle, a demandé Sandy en levant la main, vous nous parlerez quand des mers les plus profondes et des étoiles les plus brillantes ?

– La prochaine fois qu'on aura le temps, a-t-elle répondu en faisant des yeux le tour de la classe. Autre chose ?

– Et des forêts aussi ?

Kamla a rangé sa trousse, son cahier et le manuel de géographie dans son cartable, de la voix a salué Doris qui s'est retournée en agitant le chiffon avec lequel elle effaçait le tableau et d'un pas mesuré a rejoint Ashok qui l'attendait devant la grille. Elle l'a remercié pour le massepain et lui a demandé si sa journée s'était bien passée. Il lui a répondu d'un sourire discret qui le rendait encore plus mystérieux.

Comme il aimerait pourtant lui parler, lui dire qu'il s'en voulait de garder le silence et d'être d'aucun secours, ni à elle ni à maman, mais les mots qu'il assemblait patiemment dans sa tête lui restaient en travers de la gorge. Il avait même pensé en l'attendant à lui demander de but en blanc lorsqu'ils chemineraient côte à côte le long des quais ce qu'elle dirait à papa s'il rentrait enfin à la maison. Et si elle lui retournait la question, ce qu'elle ferait à coup sûr, il répondrait sans hésiter qu'il ne lui demanderait aucune explication, sa présence lui suffisait et elle valait bien plus qu'une promesse.

Le sergent Ram Siparsad était d'humeur joviale en quittant le poste de police, d'abord parce qu'il était habillé en civil, il pouvait arpenter les rues de Flacq sans qu'on le regarde de travers, sauf pour les chaussures, ses baskets s'étaient tachées et déformées après une balade en forêt sous la pluie et ses sandales de plage jureraient avec son pantalon de velours côtelé, même s'il savait pertinemment que les habitués de la maison et autres connaisseurs en uniforme n'y verraient pas que du feu, mais surtout parce qu'il avait toute la journée pour étoffer son rapport sur la disparition d'Anil Ramloll, malgré les réticences de l'inspecteur qui voulait classer l'affaire et passer à d'autres où la mort était avérée.

Le soleil était brûlant mais plus supportable que le vent chaud et violent qui balayait les feuilles, chassait les nuages pommelés d'un gris perle vers les montagnes et lui desséchait la gorge. Il a contemplé les arbres en pleine sève qui bordaient la rivière et embaumaient étrangement la rose et la menthe sauvages, mais ne pouvant s'empêcher de chercher dans la foule des gens louches, il a vite remarqué trois jeunes qui vendaient des mangues volées à la sortie du marché aux fleurs, sûrement pour se payer une dose. Ils se sont parlé à voix basse en le surveillant du coin de l'œil avant qu'il ne les frôle et traverse la rue en se faufilant entre des cosmonautes qui bouillaient d'impatience sur leurs mobylettes. Il a regardé sa montre, il pouvait ralentir le pas, et il s'est arrêté devant la vitrine d'un magasin de jouets, a lu des étiquettes et comparé les prix, puis a sorti son carnet et vérifié le programme : l'heure, le lieu, le protagoniste et des questions d'usage pour entamer la conversation. Et à huit heures pile, il a toqué à la porte de Madame Ramloll.

Mirna n'a pas reconnu le sergent, pourtant ses cheveux pommadés et la double raie qu'il portait à droite lui rappelaient quelqu'un, mais qui pourrait être aussi bien un figurant d'un feuilleton à la télévision qu'un personnage de second plan d'une bande dessinée pour la jeunesse, et puis c'était il y a plus d'un mois, sa déposition à la police, sans parler de l'état dans lequel elle se trouvait ce soir-là. Quoi qu'il en soit, elle a tenu à le remercier de s'être déplacé, elle pensait avant son appel en début de semaine qu'ils avaient enterré l'affaire, et c'est seulement quand il a sorti son carnet et son stylo qu'elle s'est souvenue de lui et de l'inspecteur, de la photo d'Anil qu'elle leur avait remise et qu'ils n'ont jamais rendue et de Raffa qui semblait avoir disparu lui aussi.

Mirna a brièvement commenté les questions du sergent au lieu d'y répondre, elles ressemblaient trop à celles déjà posées au poste et franchement elle n'avait aucun goût pour la répétition ni le temps, elle avait dû s'occuper de ses enfants qui venaient de partir pour l'école et elle-même devait se préparer pour se rendre au magasin. Par contre, comme pour se soulager, elle lui a raconté par le menu tous les emmerdements qu'elle s'est attirés depuis la disparition de son mari, à commencer par son beau-père qui l'avait traitée de femme de mauvaise vie, voilà pourquoi il est parti, a-t-il osé me dire sans se soucier de ma détresse, sans oublier ses voisines qui la regardaient de haut, et parfois elle se demandait si ça ne leur était pas agréable qu'un tel malheur l'ait frappée, alors qu'au début elles ont été aux petits soins pour me consoler de ma peine, si c'est pas une misère, qu'elles me serinaient à longueur de journée, vous étiez si heureux tous les deux, et votre couple, quel modèle pour nos jeunes qui ne croient plus à l'amour pour toujours, et vos enfants aussi beaux que vous et si bien élevés ! Mais je n'ai pas dit mon dernier mot, je me vengerai d'elles, et pas qu'un peu, ça aussi vous pouvez le noter sur votre carnet !

Ram a hélé un marchand ambulant qui sillonnait le quartier à bicyclette et lui a acheté pour dix roupies de pistaches grillées qu'il a grignotées en dégustant chacune avec lenteur, il avait du temps à tromper avant son prochain rendez-vous. Il marquait une pause à chaque coin de rue, portait deux doigts à ses lèvres et regardait sa montre, puis au loin en se haussant parfois sur la pointe des pieds, comme s'il s'était égaré et qu'il ne reconnaissait plus le chemin ou alors qu'il attendait quelqu'un qui avait bien du retard, mais malgré toutes ses précautions ou peut-être parce qu'il en faisait trop, des passants l'ont dévisagé avec dédain, il devait ressembler à un cambrioleur qui manigançait son coup et repérait les lieux, et il a regretté qu'il n'y ait aucun magasin à la ronde, il aurait fait du lèche-vitrine. Et pour finir, il est revenu sur ses pas et s'est arrêté devant la maison de Monsieur Ramloll qu'il avait déjà reconnue à sa façade de bois peint et au muret de pierres sèches. Il a poussé la grille qui a grincé et fait sonnette, puisqu'un homme au visage fripé et à la crinière argentée est apparu sous un gainier de lisière.

Ignorant la première question du sergent, Vinod lui a confié qu'il connaissait de longue date plusieurs hauts gradés de la police et qu'il était intimement lié avec des ministres et des hommes d'affaires qui comptaient, et il a cité des noms et des titres ronflants, alors il pouvait imaginer à quel point la disparition de son fils a compromis sa réputation et couvert de honte la famille Ramloll.

– Et c'est moi, a-t-il poursuivi avec autant de morgue, qui lui ai acheté le magasin après ses études en Inde.

– Vous vous rappelez ce qu'il a étudié ?

– Ça fait si longtemps que je ne sais même plus s'il a obtenu son diplôme, en tout cas ça lui a pris trois bonnes années et pas mal d'argent que j'ai dû débourser mois après mois... Parce que vous croyez qu'il y est retourné ?

– Tout ce que je dis, a précisé le sergent, c'est qu'on ne doit négliger aucune piste si on veut retrouver votre fils.

– Je l'ai pourtant averti du danger d'épouser ce genre de femmes, mais il ne m'écoute jamais. Elle était sans dot, et lui l'a couverte de saris de soie et de bijoux en or, et maintenant tout lui appartient, la maison comme le magasin. Et vous pouvez en être sûr, d'ici la fin de l'année, elle prendra un nouveau mari, les prétendants ne manqueront pas et elle ne résistera pas plus de trois mois à leurs avances, c'est fatal avec les traînées.

Prétextant un rendez-vous important, ce qui était vrai, mais il n'était quand même pas à la minute, Ram est parti sans écouter le reste, il en avait assez des ragots et calomnies et de ces gens qui ne s'adressent qu'à eux-mêmes, tout en reconnaissant qu'il l'avait aussi planté parce qu'il avait des crampes d'estomac, il n'avait mangé que des pistaches depuis ce matin, mais malgré tout il s'est plu à penser qu'à force d'écouter les doléances et les médisances, ça te ramollit non seulement le cerveau mais te bousille les intestins, en plus ils ne t'apprennent rien sur l'affaire qui pourtant les concerne.

Ram a fait un sacré détour avant d'arriver au Tom Pouce, rien que pour éviter le poste, il ne voulait croiser ni ses collègues ni les suspects qu'ils y conduiraient pour un interrogatoire en règle, et il a changé de trottoir quand il a aperçu entre la station de taxis et la gare routière le sergent Badal qui avait enlevé son képi et s'essuyait le front à l'abri du soleil, à coup sûr il lui aurait demandé la raison de son déguisement, et il n'avait aucune envie de lui expliquer quoi que ce soit, même si c'était pour rire.

Rakesh l'attendait devant le restaurant, exactement à l'endroit, lui dirait-il, où il avait quitté Anil. Ce n'était pas à sa barbe, dont il n'avait pas précisé la couleur au téléphone, que Ram l'a reconnu, car parmi les clients qui prenaient leur pause-cigarette, deux autres la portaient aussi fournie, l'une teinte en noir et celle avec la moustache à la gauloise en roux, mais parce que c'était le seul qui rayonnait, ce qui collait à cette voix chaude et à ce ton badin qui l'avaient réjoui.

– Où voulez-vous qu'on s'installe ? À l'intérieur ou à la terrasse ?

– Si elle est disponible, lui a répondu Ram, à la même table que Monsieur Ramloll et vous la dernière fois.

Une serveuse les a conduits à la terrasse à l'étage, d'où Ram pouvait contempler, assis à la même place qu'Anil, le lagon et sa mer d'huile, la rade et des mâts, pareils à des cheminées d'usine, qui brillaient au soleil.

– Vous êtes mon invité, lui a rappelé Rakesh, prenez donc ce que vous voulez, et ne vous souciez surtout pas des prix, ils sont trompeurs de toute façon.

– Je vais prendre la même chose que Monsieur Ramloll, a dit Ram d'un air entendu. C'était quoi, vous vous rappelez ?

– Un curry de poisson à la papaye verte et un bol de riz blanc, ça m'a marqué, vous l'imaginez bien après un tel choc, et moi des fruits de mer à la sauce aigre-douce et du riz cantonais, ce que je vais d'ailleurs reprendre pour jouer le jeu et me mettre dans l'ambiance, et un coca et un vieux tafia pour digérer tout ça, lui c'était de l'eau plate et un expresso, mais vous, vous avez la ligne, vous pouvez vous permettre un dessert, et je vous conseille le fondant au chocolat, ça vous donnera des forces pour mener à bien votre enquête.

– Vous veniez souvent ici avec Monsieur Ramloll ?

– Chaque vendredi à midi depuis mon retour au pays, ici ou chez Bonnie and Clyde. Et vous voulez savoir pourquoi il aimait s'asseoir à cette place ?

– Pour la mer, a répondu Ram sans hésiter.

– La mer, c'était comme Dieu, qu'il disait, il l'avait en lui, pas la peine donc de la contempler pour la ressentir. Non, c'était pour regarder les passants et commenter leurs vêtements.

– Et c'était quoi ses commentaires la dernière fois ?

Il lui avait parlé des jeunes filles d'aujourd'hui, ça le contrariait, leur façon de s'habiller et de tortiller de la croupe en public. Et il avait pointé du doigt celles qui n'avaient pas encore de seins, il fallait voir leurs décolletés et leurs jupes fendues, et il s'était demandé comment les parents pouvaient leur permettre de sortir ainsi vêtues. Rakesh lui avait expliqué qu'elles ne faisaient qu'imiter les actrices de Bollywood, et que leurs parents n'y trouvaient rien à redire, au contraire ça les rendait fiers qu'elles prennent pour modèles des vedettes de cinéma.

– Et les affaires ? a demandé Ram. À ce qu'il paraît, vous étiez partenaires il y a quelques années.

– Pas vraiment, on a fait quelques voyages en Inde, mais c'était chacun pour soi, moi j'avais déjà mes magasins à Rose-Hill et à Port-Louis. D'accord, je lui ai dévoilé quelques ficelles du métier, mais c'est tout.

– Et la dernière fois, à quels secrets l'avez-vous initié ?

– Je lui ai parlé de la Chine et donné quelques adresses, l'Inde est devenue trop chère.

– Pour importer des vêtements chinois ?

– Mais bien sûr que non, a répondu Rakesh d'un sourire gêné, il sentait que le sergent était largué. Il n'y a pas de marché pour ça à Maurice.

– Alors pourquoi ? a insisté Ram.

– Mais pour les vêtements indiens ! Ils peuvent tout fabriquer là-bas, au pied levé et pas cher : des boubous, des burqas, des kimonos, vous n'avez qu'à fournir le modèle.

Tout en savourant son poisson aux goûts fruité et acidulé après s'être étonné qu'on puisse l'accommoder avec de la papaye verte, Ram a retenu de la dernière conversation entre les deux marchands de tissus qu'Anil était un défenseur acharné des habits traditionnels, que pour lui le sari était sans conteste plus sexy que la jupe fendue et que le décolleté était néfaste pour ses affaires, alors que Rakesh préférait vivre avec son temps, il savait par expérience qu'il n'y avait rien de tel que la nouveauté pour attirer les jeunes filles, malgré les menaces de certains bondieusards, qui par ailleurs sont les premiers à vouloir tirer des coups en douce et à l'œil, de les contraindre à se soustraire à la vue d'autres hommes.

Ram a accompagné Rakesh à sa voiture et l'a remercié pour le repas et la conversation, ça faisait longtemps qu'il ne s'était pas autant régalé, puis il a traversé la rue et s'en est allé à la plage, où il s'est allongé sur un banc ombreux pour souffler un peu, digérer son repas et faire le point sur l'enquête. Pour commencer, il a réfléchi sur le seul cas de disparition qui avait été signalé à la police de Flacq ces dix dernières années et dont le dossier plutôt mince lui avait été remis la veille par l'inspecteur lui-même. Il concernait un dénommé Sidoyal, pêcheur de son état, qui s'était peut-être noyé, on avait retrouvé sa pirogue au fond du lagon, mais pas son corps, et sa femme avait tout de suite flairé la mise en scène et crié au complot, car la mer était calme cette nuit-là et sa maîtresse qui habitait le même quartier avait elle aussi disparu dans la foulée, par chagrin, avaient soutenu ses parents, et pour entamer une nouvelle vie ailleurs, mais ils ne savaient pas où exactement.

Il a repensé au repas de midi dès qu'il a aperçu la taverne à l'enseigne au pichet en grès, surtout à ce fondant au chocolat qu'il sentait encore dans sa bouche, c'était comme ça à chaque fois qu'il était invité par plus riche que lui, il mangeait de tout et à satiété. Il a poussé une porte battante et monté un escalier en colimaçon, aux marches dansantes et piquetées de taches d'humidité et de crottes de lézards, qui l'a conduit à une salle faiblement éclairée où de jeunes couples, assis à différentes tables, se partageaient un soda en silence. Il a salué le patron d'un signe de tête, lui a commandé un panaché et s'est installé près de la fenêtre qui donnait sur une impasse. Il a perçu des chuchotements et des gloussements de satisfaction, a cru qu'ils venaient du terrain vague qui longeait l'impasse, a tout compris quand deux amoureux sont sortis d'une stalle masquée d'un rideau noir. Le garçon a payé au bar et la fille a gagné la porte en baissant les yeux, elle avait sûrement la trouille d'être reconnue par quelqu'un qui raconterait la scène à ses parents. Un autre couple a traversé la salle et s'est engouffré dans la cabine qui venait d'être libérée, après avoir évité de justesse Vimla qui a commandé une bière et s'est assise à côté du sergent qu'elle avait reconnu à sa coupe au bol et à ses chaussures montantes.

– Le coin des amoureux, lui a glissé Vimla à l'oreille, mais pas que, et le moins cher du quartier. Me demande comment le patron a fait son magot, il roule en décapotable et possède une villa en bord de mer.

– Et ça fait longtemps qu'il existe ? C'est la première fois que j'y mets les pieds.

– Une dizaine d'années, mais au début, les voisins, des commerçants pour la plupart, huaient les jeunes qui prenaient le chemin du restaurant et traitaient les filles de putes, certains leur lançaient même des pierres, ils avaient peur qu'ils ternissent la réputation du quartier, ce qui est mauvais pour les affaires, mais maintenant ils se sont calmés et les mœurs ont bien changé ces derniers temps, sans oublier que le nouveau patron est un ancien boxeur ou lutteur, ça aide.

– Pour revenir à l'affaire qui nous concerne, a dit Ram en sortant un carnet et un stylo de sa poche, avez-vous remarqué quelque chose d'inhabituel chez Monsieur Ramloll le matin de sa disparition ? Ou même la veille et l'avant-veille ?

– Vous ne seriez pas un de ces fouille-merde de journalistes qui essaie de me piéger ? a demandé Vimla d'un ton de reproche.

– Mais non, a répondu Ram en lui montrant sa plaque, je ne vous ai pas menti. Je prendrai juste quelques notes pour ne rien oublier, ma mémoire n'est pas très bonne.

– J'aimerais que cette conversation reste privée si ça ne vous dérange pas et qu'aucune trace ne soit laissée.

– D'accord, a fait Ram, et il a remis son carnet et son stylo dans la poche. Je vous demandais si vous aviez remarqué quelque chose d'anormal chez Monsieur Ramloll.

– Il a commencé par ouvrir la porte et allumer les lumières, puis il a lu le journal en grignotant...

– Ça je le sais, l'a interrompue Ram, c'est ce qu'il fait d'habitude, et votre collègue me l'a déjà raconté.

– Vous avez vu Santa ?

– Tout à l'heure chez elle. Voilà ce que j'aimerais savoir, si récemment Monsieur Ramloll a eu un comportement qui vous paraît sortir de l'ordinaire, c'est tout.

– Vous rigolez, ça ne sort jamais de l'ordinaire chez lui, toujours le même depuis que je travaille au magasin, et ça fait un bail malgré mon jeune âge.

– Maintenant une question assez délicate, mais vous n'êtes pas obligée d'y répondre.

– Ne vous gênez surtout pas, l'a rassuré Vimla, je dirai toute la vérité, tant que rien n'est écrit.

– Vous lui connaissez une maîtresse ?

– Aucune, mais je peux vous assurer que plusieurs femmes lui tournaient autour, même en présence de leur mari.

– Et lui, il faisait quoi ?

– Il leur souriait, rien de plus, et je me suis parfois demandé pourquoi il n'en profite pas comme les autres, à mon avis c'était pour mieux cacher son jeu.

– Vous lui supposez donc une maîtresse ?

– Bien sûr que oui, qui n'en a pas ?

– Un nom ?

– Ça par contre, je ne peux pas vous le dire, ce n'est que mon intuition et personne à part moi ne peut la suivre.

Ram a quitté le coin des amoureux à la nuit tombante et a traversé la rue d'un pas précipité, poursuivi par les aboiements d'un chien à la queue pourtant en traîne. Il a tourné à droite et gravi une pente raide, puis reprenant haleine au sommet, il en a profité pour chercher le village de ses parents qui était niché dans l'étroit vallon qui coupait la plaine et où il faisait encore plus noir qu'ici, car même les jeunes s'y couchaient en même temps que le soleil.

De sa terrasse qui surplombait le lagon, le tailleur lui a fait signe de le rejoindre avant de lui indiquer la porte vitrée. Il l'a poussée sans bruit et a monté l'escalier en bois en évitant par pudeur les photos de famille qui étaient accrochées au mur. Il a lancé un salut sonore à Raffa qui le lui a rendu sans se retourner et il s'est accoudé comme lui à la balustrade. En extase devant la mer par un si beau clair de lune, il a repensé à Sidoyal le pêcheur qu'il a associé pour une raison qui tenait du mystère à d'anciens navigateurs.

– C'est Madame Ramloll elle-même qui m'a fortement conseillé de vous rencontrer, a-t-il précisé après s'être calé dans le fauteuil à bascule. Elle m'a dit que vous en savez bien plus sur son mari que n'importe qui, car vous êtes le seul ami d'enfance qu'il a continué de fréquenter.

– Mirna exagère, a protesté Raffa d'un hochement de tête, et il a reposé sa cigarette et trinqué avec le sergent à la santé d'Anil et des disparus. Même si c'est vrai que je l'ai connu à la maternelle et que depuis il m'a toujours confié ses petits soucis, mais de là à dire que j'en sais beaucoup sur lui, il y a loin.

– Quels soucis ? Ça peut m'aider dans mon enquête.

– Ce sont des secrets entre amis d'enfance, et croyez-moi, ça ne vous avancera à rien.

– Et enfant, il était comment ? Ça, vous pouvez me le dire.

Raffa se rappelait son visage, une expression ou deux, mais pas sa voix d'enfant. Et tout ce qu'il pouvait dire de certain au sergent, mais ça non plus ne l'aiderait à retrouver Anil, c'était son attachement à son enfance, sans doute à cette période où vivait encore sa mère. Et s'il devait choisir une époque où couler des jours heureux, ce serait celle-là, lui avait-il confié récemment, à cause de ses gâteaux, ses fruits, ses jouets et même ses gens qui l'attendrissaient malgré leur ignorance et leur rudesse envers les enfants, sans qu'il se rende compte que ces fruits et ces jouets, ces gens et ces gâteaux n'avaient pas disparu, on les trouvait encore dans les quartiers pauvres de la ville.

– Sauf sa mère, lui a soufflé le sergent. Mais de sa disparition à lui, qu'en pensez-vous ? Auriez-vous une piste, même dérisoire, qui m'aiderait à le retrouver ? Une hypothèse que je pourrais vérifier en toute discrétion ?

– Aucune, et je me demande s'il ne faut pas clore l'enquête, car retrouver Anil plus d'un mois après sa disparition serait du pur hasard... Et vous, quelle piste a votre préférence ?

– Vous vous rappelez l'affaire Sidoyal ?

– Celui qui s'est noyé dans le lagon ? a demandé Raffa, et il a resservi du whisky à Ram.

– C'est vite dit qu'il s'est noyé. On n'a jamais retrouvé son corps et sa maîtresse s'était elle aussi volatilisée.

– Vous supposez donc qu'Anil s'en est allé avec une autre femme, c'est ça ?

– Oui, a répondu le sergent d'une voix pâteuse, et tant qu'on n'a pas retrouvé son corps.

Om Prakash rendait visite à Mirna chaque samedi soir, comme la première fois, peu avant la fermeture du magasin, et ne cessait de louer sa belle vaillance dans l'adversité, sans oublier de lui rappeler qu'elle pouvait à tout moment compter sur son soutien, elle n'avait qu'à faire signe. Et elle avait été émue quand elle avait enfin compris que c'était pour elle qu'il s'était métamorphosé : il avait troqué ses lunettes contre des lentilles, teint ses cheveux en noir d'ébène, raccourci sa moustache pour dévoiler sa lèvre supérieure et perdu au moins dix kilos. Jamais un homme ne l'avait traitée avec tant d'égards, même pas Anil quand il lui avait demandé sa main.

Om les avait invités, ses deux enfants et elle, à déjeuner ou à dîner dans des restaurants gastronomiques, à se distraire et à s'amuser dans des garden-parties, mais avait à chaque fois essuyé un refus circonstanciel, jusqu'à ce samedi frais et brumeux où il les avait conviés à une conférence qu'il donnerait la veille de la fête nationale sur les moyens d'éradiquer la pauvreté.

Le député les a accueillis sur le parvis de la mairie et les a conduits au salon d'honneur où il leur avait réservé trois places au premier rang, entre le maire et son premier adjoint. Il n'arrêtait pas de leur sourire, heureux qu'il était de rencontrer enfin Ashok et Kamla qu'il a trouvés aussi beaux que leur mère, puis reculant de quelques pas pour mieux les contempler, il les a complimentés sur leurs mises distinguées, Mirna avait ressorti son collier de perles, ses bracelets en or et sa robe en taffetas, les enfants leurs habits du dimanche.

Son bagout a électrisé son auditoire, ses jeux de mots ont captivé les enfants et sa voix chaude et vibrante a séduit leur mère. Il a conclu sa conférence en évoquant son enfance et a rappelé, les yeux fixés sur Mirna, que lui aussi avait été pauvre, que ce n'était donc pas une fatalité. Il cherchait de l'herbe pour les vaches avant d'aller à l'école, du petit bois pour faire bouillir la marmite. Et comme il avait quelques notions de maçonnerie, il irait ce dimanche avec des amis et ses cousins retaper les vieilles maisons qui bordaient la rivière, parce que lui n'oublierait jamais ses origines.

– Un cœur tout en or, a dit le maire en essuyant ses larmes, et il s'est levé pour applaudir le député et crier bis sans retenue.

Après les applaudissements nourris de la salle et les remerciements attendris du député, Mirna et les enfants se sont faufilés à travers la foule pour gagner la sortie. Om les a vite rattrapés pour les inviter à dîner dans le restaurant de leur choix, mais elle a décliné son invitation, il se faisait tard et les enfants avaient déjà dîné.

– Accepte, maman, s'il te plaît, l'a suppliée Kamla en lui tirant le bras, on ne sort jamais.

– C'est vrai, a confirmé Ashok, on reste tout le temps à la maison.

– Mais là, a rétorqué Mirna en dégageant son bras de la poigne de Kamla, est-ce qu'on est à la maison ?

– Faites plaisir aux enfants, et au bas mot ils vous le rendront au centuple, lui a assuré Om.

– D'accord, a consenti Mirna en adressant son plus beau sourire à chacun des trois, on y va !

Préposés par Om à choisir le restaurant, les enfants ont opté pour une pizza n'importe où. Le député a donné congé à son chauffeur et a conduit ses invités dans son cabriolet grand sport au restaurant italien d'un hôtel de luxe. Au dessert, le directeur en personne a offert à Kamla une miniature de la tour de Pise et à Ashok un ballon de foot aux couleurs de l'Italie, et Mirna s'est tournée vers Om qu'elle a couvé des yeux jusque devant sa porte.

Le samedi suivant, Om a débarqué au magasin en blue-jean délavé, tee-shirt blanc cassé à fines rayures gris argenté et mocassins assortis à la monture de ses lunettes noires qu'il a enlevées avant de saluer Mirna. Même ses yeux semblaient avoir rajeuni, se réjouissait-elle, et à peine avait-il réitéré son désir de lui venir en aide qu'elle lui a répondu à voix basse qu'elle aimerait se rendre au temple de Clémencia pour prier. Elle y avait pensé la veille au coucher et en avait conclu qu'après tout il n'y avait rien de mal à profiter de sa bienveillance.

– Ça tombe bien, a jubilé Om, je connais le temple et son prêtre qui est d'une grande probité, et si je ne vous y emmenais pas à la date et à l'heure que vous choisirez, quitte à rater une séance parlementaire ou une réunion avec mes mandants, vous seriez en droit de me demander ce qu'il est advenu de ma foi.

Pour l'occasion, Om Prakash avait acheté une limousine blanche qu'il avait ornée de deux guirlandes de soucis, et puisque Mirna s'inquiétait des dépenses qu'il avait engagées à cause d'elle, il lui a révélé qu'il avait suffisamment d'argent pour vivre plusieurs vies en se tournant les pouces. Il portait un costume de lin crème, elle un sari de soie lamée d'argent. Elle n'était pas sûre que le rouge était la couleur appropriée pour prier dans un temple, elle aurait pu demander conseil à ses vendeuses qui s'y connaissaient en cérémonie religieuse, mais elle préférait les tenir à l'écart de sa vie privée.

À la vue du temple qui s'élevait à pic au-dessus des champs de cannes et qui se découpait avec netteté sur le fond bleu roi du ciel, Mirna lui a confié qu'adolescente elle implorait les étoiles de la consoler quand les choses se gâtaient et qu'avec son mariage elle les avait délaissées puisqu'elle n'en avait plus besoin, mais maintenant qu'Anil était parti, elle se sentait perdue, ne sachant pas vers qui se tourner, et Om s'est mis à rêver d'être sa nouvelle étoile.

Le prêtre était torse nu et le pagne rose qu'il avait noué autour des reins était gansé de noir. Il arborait trois bandes de cendres au front, d'où le surnom d'Adidas dont certains farceurs gratifiaient les prêtres tamouls. Il a salué le député en s'inclinant comme devant un autel et a écouté la supplique de Mirna en lui tâtant le pouls au poignet, puis il a tracé avec l'index d'obscurs signes dans l'air et a marmonné à la hâte une prière tout aussi mystérieuse en fixant d'un air solennel des dieux qu'elle avait peine à se figurer.

– J'en ai fini avec les prières, les dieux se sont détournés de moi et ont fui devant ma détresse, a-t-elle martelé dès qu'ils ont franchi la grille du temple, et elle s'est mise à sangloter en se blottissant entre les bras d'Om.

– Peut-être que c'est trop lourd à porter pour eux, lui a-t-il murmuré à l'oreille, tandis qu'elle se frottait sur lui en pesant de tout son poids.

Bandant à perdre patience et momentanément la raison, il l'a embrassée avec frénésie sur le front, les yeux, les joues et le cou, mais pas sur la bouche.

– Pas ici, a-t-elle soupiré, on ne va pas faire ça comme des oiseaux.

Et entre le moment où il a démarré d'un bond et celui où il a écrasé le frein à l'orée d'un bois, Mirna s'est demandé si la réflexion ne valait pas mieux que la convoitise, d'autant plus que les visages ont recommencé à se mélanger dans sa tête, mais à peine Om avait-il ouvert sa portière qu'elle a cessé toute bataille.

– C'est la première fois que j'embrasse un moustachu.

– Je l'enlèverai si tu veux.

– Mais non, c'est agréable. Enlève-moi plutôt le sari.

La tête posée sur la veste et le pantalon d'Om, elle serrait les fesses et les lèvres, sûrement une ruse d'amoureuse pour se faire désirer, car ses yeux ne se refusaient pas, même s'ils semblaient loucher vers les feuilles dorées et les fragments de ciel bleu au-dessus d'elle, tandis qu'il caressait ses seins et ses hanches du bout de ses doigts de fée. Son esprit a basculé dès qu'il s'est mis à lécher ses cuisses qui luisaient de sueur, et le sol s'est dérobé sous son corps qui partait en vrille. Elle a poussé sans s'en apercevoir, puisque son cerveau s'était vidé de tout souvenir, les mêmes cris d'amour qui avaient retenti durant ces années avec Anil, et elle a vivement écarté ses jambes en se pâmant devant son sexe avant d'ouvrir sa bouche et ses bras.

– Tu es la seule, l'a-t-il assurée en haletant, la seule qui me fait bander.

– Maintenant baise-moi comme il faut, a-t-elle répété tout bas après avoir craché de côté, et avoue-moi tes envies.

À force d'être câlinée par Om, Mirna a cessé de se reprocher la facilité avec laquelle elle s'était donnée à lui, d'ailleurs elle ne voulait plus souffrir dans son coin et redevenir laide et aigrie, et le retour lui a paru plus court qu'à l'aller, elle se sentait unie à lui, certaine d'être dans le vrai et confiante que personne ne saurait les séparer. Et sa décision était prise bien avant qu'il ne l'invite à s'installer avec ses enfants dans sa maison, elle courrait sa chance avec lui, et avec la complicité du diable ça ne pouvait que marcher, même si par expérience elle savait qu'il valait mieux ne plus prévoir l'avenir.

Et un peu plus de deux ans après la disparition d'Anil, Mirna et les enfants se sont installés chez Om, malgré les récriminations du père Ramloll et les lamentations de ses neveux des beaux quartiers, auxquelles elle n'a prêté aucune attention, elle n'entendait pas être tenue en laisse comme une chienne. Certes, Ashok et Kamla avaient exigé et obtenu, avant le mariage en catimini de leur mère avec le député le dimanche qui avait précédé leur déménagement, qu'ils conservent le nom de leur père afin d'honorer sa mémoire. Par contre, Mirna raffolait d'être appelée Madame Prakash, surtout depuis qu'elle travaillait pour son mari, après avoir vendu à vil prix la maison et le magasin à Rakesh, comme assistante parlementaire.

Mirna prenait le thé sur la véranda en feuilletant un catalogue, tandis qu'Om buvait un café et relisait des notes sur des projets de grands travaux dans sa circonscription, quand le portail a grincé et qu'elle a aperçu ses parents qui se tenaient par la main, ce qui l'a décontenancée à un point tel qu'elle a renversé sa tasse sur le catalogue et sa robe de chambre, c'était la première fois qu'ils lui rendaient visite sans la prévenir. Om a vite rangé les notes dans la pochette d'un classeur et s'est levé pour accueillir ses beaux-parents, alors que Mirna a enlevé sa robe de chambre et balancé le catalogue dans la corbeille à papier.

– On espère ne pas trop vous déranger, a bredouillé Deva, mais comme on passait dans le coin, on s'est dit que ce serait malpoli de ne pas vous faire un petit coucou et embrasser Ashok et Kamla.

– Mais où sont-ils ? a demandé Rani en regardant autour d'elle.

– Chez le maire, a répondu Mirna, à l'anniversaire de son fils qui fête ses douze ans, je crois.

Deva a bien voulu d'une bière glacée pour se rafraîchir, Rani prendrait volontiers un thé, mais à la cuisine avec sa fille, elle avait des choses à lui confier.

– J'espère que ce n'est pas grave, a soupiré Om après que Rani eut fermé la porte derrière elle. En tout cas, si c'est une question d'argent, vous n'avez aucun souci à vous faire.

– Ta générosité m'a toujours touché, lui a répondu Deva, et Mirna a de la chance de t'avoir connu, c'est ce qu'on s'est dit, Rani et moi, en partant de la maison ce matin. Mais je t'assure, nous n'avons aucun souci d'argent.

Om avait pourtant cru que Rani, à sa façon de marcher, elle semblait traîner la jambe, avait de sérieux ennuis de santé et qu'elle voulait à n'importe quel prix éviter de se faire opérer à l'hôpital par des charlatans, elle préférerait comme les nantis être admise dans une clinique privée pour y soigner en toute quiétude sa tumeur au sein ou au vagin, voilà pourquoi elle souhaitait en parler en privé à une autre femme qui saurait la conseiller.

– Une autre bière glacée ? lui a proposé Om pour briser le silence qui était devenu pesant.

– Pour me soûler, c'est ça ? a demandé Deva en riant de bon cœur. Et me faire parler ?

– Mais non, a-t-il protesté, pour te désaltérer. De toute façon, Mirna me dira s'il y a un problème, on n'a aucun secret l'un pour l'autre, comme Rani et toi.

– Et les enfants, ils vont comment ?

– Ils travaillent toujours aussi bien à l'école, a répondu Om d'une voix blanche, et ils sont très copains avec les gamins du quartier, surtout Kamla qui n'a pas son pareil pour singer les adultes.

– Et Ashok, il a pu retrouver le sommeil et l'appétit ?

– Ça viendra au moment où l'on s'y attendra le moins, a prédit Om, et Mirna a raison de ne pas le brusquer, qu'il prenne donc son temps pour trouver sa voie.

Et il s'est demandé si ce n'était pas d'Ashok qu'elles parlaient à la cuisine, et il a empoché le briquet, allumé une cigarette et regardé l'heure et la porte, tout en reconnaissant son incapacité à le sortir de son mutisme, mais qu'il sache qu'il se tenait prêt à l'écouter quand il se déciderait à lui parler et à l'aider de son mieux à s'épanouir comme une fleur au soleil.

– Ça avance, ta commission ? a demandé Deva. Ils en ont parlé à la télé, mais n'ont pas précisé de quoi elle s'occupe.

Comme tout parlementaire de la majorité, Om présidait plusieurs comités, dont celui évoqué par son beau-père, qui était chargé de faire la lumière sur des terres qui appartiendraient à des descendants d'esclaves, mais que des établissements sucriers auraient extorquées par la force ou la ruse.

– Et c'est bien au nom des morts, a-t-il ajouté d'une voix cassée, qu'ils entendent exproprier les pillards et recouvrer leurs biens.

– Alors c'est vrai, s'est écrié Deva, cette histoire que des esclaves possédaient des terres !

– Pas tous bien sûr, mais nous en avons déjà recensé plus d'une centaine à ce jour, et c'est loin d'être fini.

– Là où rien ne pousse, je suppose.

– Pas que, a précisé Om, quelques-uns avaient des domaines parmi les plus fertiles de l'île.

– Mais comment est-ce possible ? a objecté Deva en se grattant la tête pour se donner une contenance. Je croyais que les esclaves n'avaient aucun droit, encore moins celui à possession. Ce que j'aimerais donc qu'on m'explique, c'est comment ils ont pu se procurer ces terres, et avec quel argent.

Om lui a répondu que c'était pour la plupart un héritage recueilli d'un maître qui récompensait le mérite et n'accordait aucune importance à la condition de la personne qu'il avait en face de lui ni à la couleur de sa peau, même si les deux historiens qui siégeaient au comité avaient émis des doutes sur cette théorie que soutenait le ministère public.

– Je n'y vois toujours pas clair, a râlé Deva, et je n'imagine pas un instant des esclaves au pays des merveilles, à moins que les colons qui leur ont légué leurs biens l'aient fait exprès pour punir les vrais héritiers, c'est ça ?

Les grognements de son beau-père le barbaient autant que les rancœurs des plaignants qui ne manquaient pas d'ennemis, ils foisonnaient à chaque nouvelle audition. Et ils n'étaient pas mieux, les représentants des établissements sucriers qui caressaient eux aussi leurs chimères comme des bijoux de famille.

– Et Mirna, a demandé Deva, comment elle s'en sort au parlement ?

– Justement, a répondu Om, c'est elle qui aide les plaignants à établir un dossier, et je dois dire qu'elle se débrouille comme un chef.

Car c'était du boulot, que d'être à l'écoute de gens qui estimaient avoir été dépouillés non seulement de leurs terres, mais également de leur identité, tout en veillant à ne pas se laisser enjôler par leurs beaux discours, parce qu'ils avaient aussi de l'imagination pour t'embrouiller, voilà pourquoi elle n'accordait crédit qu'aux documents certifiés par un notaire ou l'état civil. Et il ne lui a pas fallu longtemps pour se faire aux faussaires et autres fabulateurs qu'elle voyait venir de loin et distinguer sans coup férir la bonne foi du flafla. Le seul ennui, c'était le nombre croissant de plaignants qui semblaient atteints de la maladie d'Alzheimer, en tout cas ils étaient sacrément brouillés avec les dates, ce qui prolongeait certaines auditions jusqu'au petit matin.

– Ça ne m'étonne pas, s'est réjoui Deva, sa mère et moi lui avions prédit avant même qu'elle n'aille à l'école un avenir des plus brillants. Et toi, tu as débarqué au pire moment de sa vie et pourtant tu as réussi à briser le ronron, à l'arracher à la médiocrité et enfin...

– Elle s'en serait sortie toute seule, l'a coupé Om. Je l'ai vue de mes propres yeux, sa belle vaillance dans l'adversité.

– La voilà qui arrive, a murmuré Deva, et il a regardé sa montre avant de finir le fond de verre. On ne va pas tarder non plus.

Surpris de n'avoir perçu ni pas ni voix, Om a fait pivoter son fauteuil d'un fringant coup de reins. Mirna semblait frappée de stupeur, sa moue boudeuse et son regard éteint lui ont rappelé la jeune et jolie femme prostrée derrière sa caisse pour laquelle il avait eu un coup de foudre un samedi soir dans un magasin de vêtements démodés. Sûrement que sa mère lui avait annoncé qu'elle était atteinte d'une maladie incurable et qu'elle n'en avait plus pour longtemps. Rani paraissait pourtant bien portante, elle avait le port décidé et le visage frais et poupin. Om avait toujours éprouvé de l'affection et de l'admiration pour les gens et les bêtes qui se cachaient pour souffrir, de toute façon ça ne servait à rien de crier de douleur sur les toits.

Mirna avait le feu et le sang au visage quand elle a levé la tête et regardé Om avec des yeux tristes. Puis elle s'est éventée avec ses mains et a soufflé en l'air pour se rafraîchir le front et éloigner des moucherons.

– Même pas une petite brise, s'est-elle récriée, on se croirait vraiment en enfer !

Raffa contemplait l'un des trois dessins de mode que Salma lui avait remis en fin d'après-midi à l'atelier, il adorait la coupe excentrique du complet, même si la veste lui semblait légèrement tirée à quatre épingles, quand il a entendu quelqu'un l'appeler avec une curieuse note aiguë dans la voix. Il a levé la tête avec un petit sursaut et a regardé par la fenêtre en étirant le tronc et le cou. Et il a distingué dans le clair-obscur du soir qui tombait une silhouette de femme qui lui a fait un grand signe de la main. Il a d'abord pensé à Salma, quoiqu'il l'attendait plutôt vers vingt heures et que sa voix était bien plus chaude et profonde. Il a allumé les lumières de la terrasse et ouvert la porte, c'était Mirna qui séchait ses larmes.

– Qu'est-ce qui t'arrive ? lui a demandé Raffa en la serrant dans ses bras, et d'emblée il a pensé à une dispute entre époux. Mais entre donc, tu ne vas pas pleurer dehors.

Elle a tourné un moment en rond autour de la table basse avant de s'asseoir sur le bord du fauteuil à bascule. Elle portait un sautoir de perles fines et des bracelets en ivoire, une robe du soir et des escarpins de daim clair.

– Mais qu'est-ce qui t'arrive ? lui a redemandé Raffa d'un ton insistant. Tu ne veux pas m'en parler ?

– Une tragédie, a lâché Mirna, et les lèvres serrées pour réprimer un sanglot, elle a scruté avec des yeux qui suppliaient le fond de l'air.

Elle a sifflé un double whisky sec avant de préciser d'une voix blanche que tout avait commencé dimanche dernier à Mahébourg, où ses parents, avec d'autres retraités de leur village, avaient visité le musée de la Marine, puis pique-niqué sur la plage. Et en regagnant la place de l'église où était garé leur car, devine sur qui ils tombent.

– Om avec l'une de ses maîtresses, a répondu Raffa sans hésiter, vu l'état dans lequel tu t'es mise.

– Si tu crois que c'est le moment de faire le malin, a-t-elle pesté. Mais Anil bien sûr !

– Mais il n'était pas mort, celui-là ?

– Pas vraiment, d'après mes parents. Il pétait même du feu, à sa façon de se faufiler dans la foule.

Ils avaient donc aperçu un homme qui traversait une rue aux abords de l'église et qui ressemblait étrangement à Anil. Ils l'avaient appelé par ce prénom, et l'homme s'était retourné d'un air confus, mais à peine les avait-il distingués parmi les autres retraités, qui eux n'avaient rien remarqué ni avant ni après, qu'il s'était défilé sans demander son reste.

– Peut-être que lui aussi s'appelle Anil, c'est un prénom tellement commun, et que par une curieuse coïncidence, ça existe aussi, il ressemble à s'y méprendre à ton ex.

– Mes parents sont sûrs que c'est lui, sinon pourquoi il aurait fui comme un évadé de prison ?

Par jeu, Raffa aurait aimé lui dire d'un ton pince-sans-rire : et si c'en était un, d'évadé ? Et d'ajouter qu'on entend de ces trucs à la radio, tu n'imagines pas, mais il a préféré, pour ne pas la mettre en pétard, lui demander en la fixant d'un regard compatissant ce qu'en pensait Om, de cette mauvaise tournure.

Elle n'avait rien dit à Om, de peur qu'il ne culpabilise et demande le divorce. Et elle avait dû lui raconter des bobards après le départ de ses parents, que d'ailleurs lui-même avait soufflés à tout hasard, à savoir que sa mère était atteinte d'un cancer du foie, avec son accord bien entendu, mais que par bonheur on pouvait en guérir, à condition d'éviter la viande rouge, les fritures et les boissons gazeuses et de marcher autant que possible, et pas plus tard que ce matin il lui avait envoyé par la poste un chèque d'un million de roupies pour qu'elle se soigne en toute quiétude.

– C'est la première fois que je lui mens, alors qu'on s'est juré de ne rien cacher à l'autre. Mais je le promets, un jour je lui dirai la vérité, et aux enfants aussi, quand ça n'intéressera plus personne. Pour l'instant, il n'y a que mes parents, toi et moi au courant. Et Anil bien sûr, et c'est bien assez comme ça.

Elle a écrasé sa cigarette et fermé les yeux en rendant la fumée, puis à brûle-pourpoint elle lui a parlé avec des mots simples et d'une voix apaisée de son amour pour Om. Elle aurait pu ne pas l'épouser ni même le prendre pour amant de cœur, mais elle s'est vite aperçue après la disparition d'Anil qu'elle n'est pas faite pour vivre seule.

– Sans amour, lui a-t-elle confié, quelque chose meurt en nous, sans doute nos rêves de jeunesse, car elle voyait bien autour d'elle comment les gens seuls finissent par n'aimer personne, à commencer par eux-mêmes.

Et regardant Raffa dans les yeux, elle l'a engagé à imaginer Anil qui débarque à Flacq d'un jour à l'autre, et l'instant d'après, elle en était certaine, Om demandera le divorce, parce qu'il pensera d'abord à se montrer beau joueur. Mais pas question pour elle, même si la morale l'y oblige, de se remettre avec un homme qui l'a abandonnée sans mot dire. Et imagine le désarroi des enfants s'ils apprennent que leur père est vivant, après l'avoir cru mort durant toutes ces années. Certes, ça fera la joie du père Ramloll et de ceux qui ont vu d'un mauvais œil son mariage avec Om, et ils sont plus nombreux qu'on ne le pense... Et toi, ça te ferait quoi ?

– Ça me peinerait, a répondu Raffa, pour les enfants et toi. Et Om aussi, je trouve qu'il se comporte en gentleman avec ta famille et toi, et c'est pas si courant.

– Alors, tu dois m'aider.

– Je veux bien, mais comment ?

– Si tu pouvais l'enterrer une fois pour toutes, ça me soulagerait, mais essaie d'abord de le persuader de continuer à faire le mort à Mahébourg et de ne revenir à Flacq sous aucun prétexte, car personne ne tient à le revoir.

– Pourquoi moi ? a protesté Raffa qui se passerait volontiers d'Anil et de Mahébourg. Pourquoi ne pas faire appel au sergent qui a mené l'enquête ?

– Parce que tu ne m'écoutes pas, a rouspété Mirna. Je viens de te dire qu'à part mes parents et nous deux, personne ne doit être au courant, et toi tu me parles de la police. On pourrait aussi convoquer la presse, tant qu'on y est !

Elle s'est levée, a marmonné une prière et arpenté le salon en s'étirant. Après avoir fait le vide dans son esprit, elle s'est rassise et a répété d'une voix qui implorait le secours qu'il était son ami d'enfance, le seul qu'il écouterait. Et puis elle avait confiance en lui, elle savait qu'elle pouvait compter sur sa discrétion.

Raffa a dit d'accord, il irait à Mahébourg. Mais c'était surtout par curiosité, il aimerait bien connaître les raisons qui avaient poussé Anil à disparaître.

– Tu me raconteras après, a soupiré Mirna.

– Le seul ennui, c'est où le trouver à Mahébourg. Ça doit être aussi grand que Flacq, et peut-être habite-t-il ailleurs, comme tant d'autres qui y font leurs courses le dimanche.

– Qu'est-ce que tu peux être pénible, et jusqu'au bout ! C'est notre seule piste, Mahébourg, ou préfères-tu qu'on aille le chercher à Surinam ou à Tamarin ?

Penché sur le volant, Raffa a poussé des soupirs de soulagement en quittant Flacq, c'était pénible, ces bouchons qui s'étendaient désormais jusqu'aux hameaux, et même le dimanche, et le vacarme de klaxons ponctués d'injures et de sifflets qui les gangrénaient. Il aurait pu monter les vitres pour couvrir le boucan, mais il aurait fait trop chaud dans sa vieille Packard qui n'avait bien entendu pas de climatisation et il aurait manqué d'air, ou alors allumer la radio, il n'avait que ça, mais il était hors de question d'écouter les âneries des animateurs et les chansons nunuches qu'ils passaient à longueur de journée. Quand sa voiture était en panne et qu'il était obligé de prendre un taxi ou le bus, et que le chauffeur aussi débile que les animateurs mettait la radio à plein tube, car en plus ils étaient sourdingues, mais sans qu'ils s'en rendent compte, il se bouchait discrètement les oreilles et songeait au suicide, c'était le seul moment où il y pensait sérieusement.

Il a longé la mer et ses îlots de pierrailles et a jeté des regards obliques sur des pêcheurs à la drague et des mangliers hissés sur leurs racines. De l'autre côté de la route, des champs de cannes, des terres en guérets et des villages enfoncés dans des combes, puis dévalaient au lointain des dunes battues des vents et des collines lézardées par la pluie et la chaleur, qui fermaient l'horizon. Il s'est demandé, au sortir d'un virage et à la hauteur d'un autel bâti à chaux et à sable et qui avait tout l'air d'un monument aux morts, depuis combien de temps il ne s'était pas rendu à Mahébourg. Voyons voir, qu'il a dit en se balançant sur son siège, la dernière fois c'était avec Doris, ils avaient déjeuné dans une gargote en face de la mer, et c'était il y a plus de sept ans, donc bien avant la disparition d'Anil.

Il a garé sa voiture derrière l'église, a remonté la rue Labourdonnais et contourné le parvis d'un pas raide. Posté devant la porte close d'une échoppe de cordonnier, il a regardé sa montre et a allumé une cigarette en pensant à Salma qui aurait aimé être du voyage. Comme lot de consolation, il l'avait invitée à dîner ce soir en lui promettant de tout raconter. Il prendrait son temps pour lui inventer une histoire qui tienne la route, car il ne comptait à aucun prix trahir la confiance de Mirna.

– Haut les mains ! a crié quelqu'un en lui pointant une arme tranchante sur la nuque.

Raffa a fait tomber sa cigarette en levant les mains, puis percevant des ricanements que le braqueur avait peine à réprimer, il a tourné légèrement la tête et a reconnu au premier coup d'œil Anil qui riait aux larmes.

Il a remis les ciseaux à ongles dans sa sacoche et s'est éclairci la gorge avant de lui dire qu'il savait que c'était lui qui viendrait le pister, et ce dimanche et à la même heure et au même endroit où les parents de Mirna l'avaient aperçu. Il le connaissait trop bien, son esprit méticuleux qui s'était toujours appliqué à mettre la chance de son côté. Et il n'avait aucune envie de se cacher, tant il tenait à le revoir, et il l'a serré dans ses bras avec force.

– On te croyait mort, a marmonné Raffa. Qu'est-ce qui t'a pris de partir comme ça ?

– On en parlera à la maison, lui a répondu Anil, on sera plus tranquilles. Ma femme est chez ses parents, mais si jamais elle rentre plus tôt que prévu et que tu la croises, ne lui dis rien de mon ancienne vie, je ne lui ai raconté que des bobards. Et apprends que je m'appelle désormais Adil, ça fait plus moderne, et c'était aussi pour marquer le coup quand j'ai changé de vie.

Qu'y a-t-il dans un prénom, et même dans un nom ? s'est demandé Raffa. Pas grand-chose, sauf pour des héritiers gratifiés d'un titre ronflant, mais comme ils vivent entre eux pour ne pas éparpiller leurs biens, ça n'a aucune incidence sur le cours des choses. Et il a pensé à un film américain qui parle de la conquête de l'Ouest, et s'est souvenu d'un cow-boy qui dit à un homme habillé en bourgeois qui se plaint de la tambouille et du tord-boyaux d'un relais de poste : Et quel était ton nom à New York ?

Tout en marchant, Adil lui a parlé de Mahébourg et lui a montré, parfois de loin, le cimetière militaire et l'ancien port de guerre, l'hôpital de jour que surplombaient les hautes murailles de la prison pour femmes, des rues pavées et des places fortes d'où l'on pouvait contempler le phare à feu tournant et le clocher de l'église qui était aussi l'âme de la ville, même pour des athées endurcis comme lui.

Quant à Raffa, il aurait aimé lui donner des nouvelles de Flacq, lui dire, par exemple, que le restaurant Bonnie and Clyde avait une nouvelle terrasse, d'où l'on pouvait admirer la barrière de corail quand la mer était basse, ou délicatement lui annoncer la mort de son oncle Vimal l'été dernier, mais il s'est tu, de peur de l'inciter à y faire un tour.

Adil habitait une maison de bois d'un étage, avec un toit en pente et en tôle ondulée, qui rappelait à Raffa celle où il avait grandi. La cuisine avait davantage d'ustensiles et le salon et la salle à manger de meubles, dont deux fauteuils à bascule qu'on ne voyait jamais à l'époque, un buffet et une coiffeuse sculptés. En silence, ils ont bu du café et mangé des tuiles et des palets aux amandes, puis Raffa s'est levé, a enlevé les miettes de son pantalon et s'est essuyé la bouche du revers de la main.

– Tout ce que j'aimerais savoir, a-t-il dit à Adil en le regardant du coin de l'œil, c'est pour quelle raison tu es parti, sur quel coup de tête.

– C'est la première fois que je raconte cette histoire, a commencé Adil. Et voici ce qui s'est passé après le déjeuner avec Rakesh : je prends tranquillement le chemin du magasin et longe un échafaudage dressé contre la façade d'un bâtiment quand soudain une brique de béton est tombée, je suppose, du toit, a frôlé ma tête et soulevé de la poussière et des gravillons en s'écrasant sur le sol qui a tremblé, tant le choc était violent.

Il avait poussé un juron en regardant en l'air, mais il n'y avait aucun ouvrier sur l'échafaudage. Ce qui l'avait fortement irrité et décontenancé, c'était que personne ne semblait avoir vu ou entendu quelque chose, tous les passants avaient continué leur chemin avec leurs seuls soucis en tête, alors qu'il venait d'échapper d'un poil à une mort certaine.

Il avait fait quelques pas pour s'éloigner de l'échafaudage qui paraissait bancal d'un coup, prêt à céder, et s'était arrêté devant la vitrine d'un magasin pour s'y regarder et voir à quoi il ressemblait. Il s'était coiffé avec la main et avait pincé ses lèvres et ses joues pour reprendre des couleurs, il ne tenait pas à apeurer Mirna qui l'attendait, lorsqu'il avait remarqué une petite goutte de sang sur sa tempe, qu'il a caressée du bout du doigt.

– C'est de l'autre côté, lui a soufflé Raffa en tapotant sa tempe droite, il venait d'y apercevoir une légère cicatrice. Comment c'est arrivé ?

– Sans doute par un éclat de pierre, a répondu Adil d'un sourire gêné, quand la brique s'est écrasée sur le sol. Comme pour me marquer du poinçon de la mort, c'est ce que j'ai d'abord ressenti.

En tout cas, a-t-il poursuivi, c'était là que tout était parti en vrille et que son esprit avait basculé, et il a rappelé à Raffa qu'il avait abandonné ses études de médecine pour ne plus voir du sang et qu'enfant il faisait de longs détours pour éviter les accidents de la route. Et il avait donc décidé de tout plaquer, et sans perdre de temps.

– Bien sûr, a-t-il ajouté, que j'ai pensé à Mirna et aux enfants, mais quand t'as vu la mort en face, peux-tu t'accommoder de demi-mesures ?

Il avait filé droit sans se retourner et avait pris le premier bus qui passait et qui partait pour Piton. Et quand le receveur lui avait demandé sa destination, il avait répondu terminus avec le sourire. Il était heureux d'être seul et de se sentir la tête aussi légère qu'un fétu de paille, heureux de pouvoir descendre au prochain arrêt si l'envie le prenait et de cheminer à l'aventure. Il était descendu à Rempart en promenant un doigt sur sa cicatrice, qu'il arborait désormais comme l'insigne d'une vie nouvelle.

Il avait passé sa première nuit d'homme libre à boire du vin de banane et à discuter avec des clochards à la gare routière, dont une jeune femme plutôt jolie qui lui avait trouvé un carton isolant pour matelas et une touffe d'herbes sèches comme oreiller. Le lendemain matin, il avait dû marcher jusqu'à Piton, il ne lui restait qu'une pièce de dix roupies en poche, où il avait travaillé sur un chantier de démolition pendant une semaine. Et puisqu'il avait envie de voir du pays, il se déplaçait sans arrêt, à pied, en taxi ou en bus. Il avait été apprenti tailleur à Péreybère, gardien de phare à Albion, jardinier à Bambous, manœuvre à Tamarin et aide-cuisinier à Britannia. Il avait même été clochard à Souillac et à Surinam, où il passait son temps à courir les filles, à se soûler la gueule et à piquer des sommes au soleil. Puis un beau jour, il y avait presque deux ans, il avait débarqué à Mahébourg et avait senti en flânant dans ses rues que c'était la fin de trois années d'errance, les gens, le climat et l'ambiance convenaient à son tempérament. Il avait été embauché comme serveur dans le restaurant où Brenda, la fille du patron, tenait la caisse. Elle lui avait tout de suite tapé dans l'œil, sûrement parce qu'elle lui rappelait une femme qu'il avait aimée à Savannah, mais qui était déjà avec quelqu'un. Ils s'étaient mariés à l'église l'été dernier et sa femme attendait un bébé pour septembre. Et en début d'année, grâce à l'argent de ses beaux-parents, il avait ouvert à la rue Bourbon un magasin de vêtements indiens qui marchait du tonnerre.

– Et dimanche dernier, a-t-il continué d'un ton détaché, quand les parents de Mirna m'ont appelé, pris de court, j'ai fait mine de ne pas les connaître, d'être en somme quelqu'un d'autre, ce que, entre nous, je suis devenu, et je me suis enfui. Mais je savais que tôt ou tard quelqu'un viendrait me démasquer, et comme j'ai toujours pensé que ce serait toi, je m'y suis préparé.

D'un bond, Adil s'est levé, comme pour signifier que la partie était terminée et qu'il n'avait plus rien à raconter. Raffa a vite fait de boire son café et l'a suivi en se demandant comment lui dire de ne pas remettre les pieds à Flacq, sans le froisser. Il a redressé la tête et allait ouvrir la bouche lorsqu'il a remarqué une photo de Mirna encadrée et accrochée au bas de l'escalier qui menait à l'étage. Il en était stupéfait, mais au fond touché qu'il ait gardé un souvenir d'elle. Il s'est approché de la photo et a constaté combien elle avait maigri depuis son mariage avec Om, mais qu'est-ce qu'il était joli tout de même, ce visage joufflu !

– Je vois que ta femme n'est pas jalouse, a-t-il dit, ce qui est une bonne chose, ça évite les complications.

– C'est vrai, a acquiescé Adil en s'approchant lui aussi de la photo, mais comment tu vois ça ? À sa moue ou à son sourire ?

– Mais non, a répondu Raffa, confus d'avoir manqué à ce point de jugeote, puisqu'il ne se baladait quand même pas avec sa photo quand la brique a failli l'écrabouiller, mais étrange malgré tout que Brenda ne lui rappelle pas Mirna. À son regard touché de compassion.

Ils se sont dit adieu sur le perron. Raffa a suivi l'allée de gravier qui bordait le potager et franchi la porte ouverte avec ses bras qui battaient l'air.

Qu'est-ce qu'il me veut encore ? s'est demandé Adil quand l'autre a rebroussé chemin d'un pas précipité.

– Juste pour te dire d'éviter Flacq, lui a conseillé Raffa, ça ne ferait du bien à personne.

– Ne te frappe surtout pas pour ça, a répondu Adil, je n'ai aucune intention de bouger d'ici. N'oublie pas que je vais être bientôt papa !

Raffa a jeté de rapides coups d'œil derrière lui en quittant Mahébourg, et tandis que, de nouveau, les champs et les collines défilaient d'un côté et la mer et les îlots de l'autre, il s'est penché par la portière et a imaginé la tête de Mirna quand elle apprendrait que ses enfants auraient bientôt un demi-frère ou une demi-sœur. Mais était-il obligé de tout lui raconter, quitte à soulever l'amertume et la rancune, sans pour autant lui mentir ? Et que répondre si elle le pressait, comme il s'y attendait, de questions sur la vie intime d'Anil ?

Quant à celui-là, il l'avait bouclée, c'est vrai, toute une vie, ce qui explique pourquoi il l'a ouverte de la belle manière à peine avait-il échappé à la mort. Et justement quand sa mère était morte pour de vrai, son père et son frère aîné lui avaient conseillé de prendre sur lui, qu'avec le temps même les déchirements les plus violents finissent par passer, et lorsqu'il avait interrompu ses études en Inde ou qu'à son retour au pays il avait été arnaqué par un fonctionnaire véreux, il n'avait qu'à s'en prendre à lui. Voilà pourquoi quand il a failli être ratatiné par une brique, il a pété les plombs, pour la bonne raison qu'il n'en pouvait plus de toujours prendre sur lui, et Raffa l'avait très bien compris.

Ce qui le dépassait, et il n'en reviendrait jamais, c'était que Brenda ne lui rappelle pas, du moins sur la photo, Mirna. Elles avaient pourtant le même visage en forme de cœur, le même sourire malicieux et ce regard étonné qui troublait bien des hommes et que certains prenaient pour un acquiescement, sinon pour de la compassion. Quiconque, à part Adil, et Raffa en était convaincu, verrait ces deux visages l'un à côté de l'autre, d'emblée penserait à des jumelles.

Il trouvait également étrange qu'Anil ait fait presque le tour de l'île sans s'en apercevoir, et encore un peu, il serait retourné à Flacq et aurait bouclé le circuit s'il n'avait pas rencontré Brenda, sans parler de son métier qu'il avait retrouvé, même si les vêtements qu'il vendait dans son magasin n'étaient plus importés d'Inde, mais de Chine. Bref, pouvait-il en déduire, Anil était au fond resté le même, malgré les apparences, en tout cas il avait moins changé que Mirna qui, elle, avait vraiment modifié le cours de sa vie. La seule chose qu'il n'avait pas à Flacq, c'était cette cicatrice de rien du tout, dont il ne savait plus où elle se trouvait.

Raffa a pouffé de rire et a klaxonné sur une route déserte quand il a compris que, parvenu au bout de son errance en se fixant à Mahébourg, Anil avait oublié pourquoi précisément il avait quitté Flacq. Car c'en était fini, de son rêve de voir du pays en gagnant sa vie au jour le jour, dès lors qu'il s'était réaccoutumé à celle d'avant la chute d'une brique.

De toute façon, se disait Raffa, les gens ne changent pas tant que ça, même après un terrible choc. Il passerait des journées entières à citer toutes les promesses de changement dont on lui rebattait les oreilles, mais auxquelles il ne prêtait aucune attention depuis plusieurs années. Peut-être depuis son histoire d'amour avec Namrata qui avait juré ses grands dieux qu'elle arrêtait pour de bon avec ses conneries après qu'il lui avait annoncé qu'il la quittait, et il avait bien voulu la croire sur parole puisqu'il l'aimait, mais sans tarder elle avait déconné de plus belle. Mais le cas qui l'épatait encore venait de son oncle Samuel qui avait demandé à ses enfants de ne rien mettre sur le lit de leur mère qui venait de mourir qu'un drap et un oreiller, il ne voulait plus de ces papiers qui traînaient ni de ces vêtements empilés : qu'elle soit enfin allégée de tout fardeau. Mais quelques semaines plus tard, des vêtements étaient de nouveau entassés sur son lit, ceux de son oncle à qui son fils Ismaël avait rappelé sa résolution. Parce qu'on peut avoir frôlé la mort et changer sur-le-champ de métier, de femme, de ville et même de nom si ça vous chante, mais jamais de nature, en tout cas pas pour longtemps, pour la simple raison que, où que vous alliez, vous tombez toujours sur vous-même. Sur qui d'autre si vous n'êtes pas bigot ?

À un carrefour délabré et dangereux entre Anse Jonchée et Bois des Amourettes, il a tourné en rond dans sa tête autant que sur la route, il n'y avait personne dans le coin pour le renseigner et plus qu'un panneau qui indiquait la direction de la mer dont il pouvait sentir l'odeur de fleurs fanées par-delà la mangrove. Un court instant, il a cédé à l'attrait du passé et a confondu des noms et des visages en se berçant d'illusions et d'espérances. Il a pris la venelle cabossée qui menait à la mer, et au détour du sentier herbu qu'était devenue la ruelle, ont surgi Salma et Namrata qu'il a chassées de son esprit d'un geste vif de la main, il voulait d'abord retrouver le fil de ses pensées et en finir une fois pour toutes avec Anil. Il s'est arrêté à la hauteur d'un gamin qui jouait au ballon sur la grève dorée et lui a demandé son chemin. Il avait une drôle de mimique pour lui expliquer pourquoi il devait retourner à Anse Jonchée, sinon il déboucherait sur le même carrefour pourri, puis prendre la direction de Grand Port en tournant le dos à la mer et au bout d'un kilomètre ou deux, il verrait plusieurs panneaux colorés, dont celui qui indiquait Flacq.

Que pourrait-il dire à Mirna ? Surtout ne pas lui confier ses remarques personnelles, à coup sûr ça plomberait l'ambiance. Qu'il se contente d'abord de décrire Anil et sa nouvelle ville, son métier et sa maison avec un balcon et un perron à l'ancienne, ce serait une bonne entrée en matière, puis seulement il pourrait lui raconter sur le ton de la plaisanterie que les échafaudages sont moins solides à Flacq que dans le reste de l'île. Et que c'était justement la raison pour laquelle il avait abandonné femme et enfants, pour laquelle aussi il ne bougerait plus de Mahébourg, elle pourrait donc se délivrer tout à fait de son passé et se préparer tranquillement des jours heureux, mais qu'elle sache que nul ne pouvait prévoir ce que ferait Anil s'il frôlait à nouveau la mort, c'était là le seul hic. Et pourquoi ne pas lui révéler, rien que pour égayer la conversation, qu'elle avait un sosie à Mahébourg ? Ça l'amuserait s'il évitait toutefois de lui préciser que c'était Brenda, la nouvelle femme d'Anil, du moins ça l'intriguerait et l'inciterait peut-être à faire travailler son imagination. Et avec de la chance, elle pourrait vivre deux moments différents de sa vie en même temps.

RÉALISATION : NORD COMPO À VILLENEUVE-D'ASCQ
IMPRESSION : CORLET IMPRIMEUR S.A. À CONDÉ-SUR-NOIREAU
DÉPÔT LÉGAL : AOÛT 2017. N° 350 (188735)
– Imprimé en France –